新編
學生成語手冊

（修訂本）

U0061070

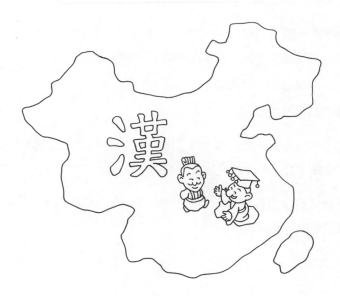

馬立群編著 莊澤義校訂

萬里機構・明華出版公司出版

使用説明

一、 本手冊收錄常用成語一千四百個，釋義簡明、精當，造句準確、
    規範，適合初中學生以及小學高年級學生使用。

二、 本手冊的成語以筆畫為序編排，同一筆畫者，則依部首的先後
    次序排列。如「世態炎涼」與「仗義執言」，其第一個字同是
    五畫，但是「世」屬一部，「仗」屬人部，故「世態炎涼」排
    列在前，「仗義執言」居後。

三、 本手冊的 原 ，指成語的原型，即是成語在最初定型時的寫法。
    図 ，指成語的異體，即是成語的另一種寫法。

    近 ，指意思相近的成語，即是同義成語。

    反 ，指反義成語。

四、 書後另附最有名的成語故事四十則，它們既是對成語來源的補
    充解釋，又是學生很好的學習輔助材料。

五、 書裏編有十五個練習，並附答案，供學生自我測驗，以複習、
    鞏固所學得的成語。

目　錄

詞條索引

【六畫】

【一畫】

一刀兩斷

斷絕任何關係的意思。

例：你既然這麼不顧情義，那我只有
和你一刀兩斷了。

近 割席分坐

反 藕斷絲連、形影不離

一孔之見

比喻片面見解。常作謙詞。

例：我所說的只是一孔之見，供你
參考。

近 孤陋寡聞　反 博洽多聞

一心一意

專心於某事。

例：只要我們一心一意，全力以赴，
任何艱巨的任務都可以完成。

近 全心全意　反 三心兩意

一日千里

形容發展十分迅速。

例：香港的建築事業發展迅速，大有
一日千里之勢。

近 突飛猛進　反 一落千丈

一日三秋

形容思念殷切。

例：妹妹到美國去了，我很想念她，
真有一日三秋之感。

近 朝思暮想　反 漠不關心

一毛不拔

比喻十分吝嗇自私。

例：像他這種一毛不拔的吝嗇鬼，你
怎可指望他會慷慨解囊呢？

近 視財如命

反 慷慨解囊、樂善好施

一丘之貉

比喻同是卑劣的壞人。

例：這兩幫人馬最近為了爭奪地盤，
大打出手，真是一丘之貉。

近 狐羣狗黨

一本正經

形容態度莊重、嚴肅。

例：小弟弟才兩歲，卻一本正經地捧
着報紙看，惹得大家哈哈大笑。

近 道貌岸然

一目了然

一望而知的意思。

例：從樓上俯瞰，廣場上的情景一目
了然。

近 一覽無餘

19

一帆風順

做事順利，沒有遇到一點波折。

例：近十年來他在事業上可以説是一帆風順，令人羨慕。

又 一帆順風　　**反** 一波三折

一成不變

死守舊法，不思變革。

例：如果我們一味固守舊法，一成不變，就會被時代所淘汰。

近 墨守成規　　**反** 千變萬化

一言九鼎

比喻言辭極有份量。

例：王老先生德高望重，一言九鼎，只要他説一句，什麼都能辦到。

反 人微言輕

一言難盡

兩三句話，無法把事情説清楚。

例：他的坎坷遭遇，提起來真是一言難盡啊！

反 言簡意賅、言以蔽之

一見如故

初次見面就如老友一樣。

例：他倆雖然初次見面，但一見如故，談得很投契。

反 相逢陌路、白頭如新

一見鍾情

初次見面便產生愛慕的情感。

例：他們在旅行中認識，彼此一見鍾情，不久就結婚了。

近 一見傾心

一步登天

比喻一下子達到理想境界。

例：研究科學必須勤奮不懈，才能成功，想要一步登天是不可能的。

近 一蹴而就

一知半解

形容所知不多，理解膚淺。

例：他對音樂只是一知半解，聽了這次室內演奏，亦談不出什麼感想。

反 融會貫通

一枕黃粱

比喻虛幻的事和欲望破滅。

例：他們熱衷於投機，一心想發橫財，到頭來卻是一枕黃粱罷了。

又 黃粱一夢
近 南柯一夢、一場春夢

一往情深

感情深切，一味嚮往而不能抑止。

例：嫂嫂雖已去世多年，哥哥卻仍一往情深，懷念不已。

近 深情厚意

一表人才

外表軒昂出眾。

例： 在眾兄弟裏面，唯獨陳小榮長得
一表人才，而且學有所成。

図 一表人材
近 一表堂堂、氣宇軒昂

一呼百應

形容接應的人多或聲勢烜赫。

例： 想不到吧？這個老人當年是一呼
百應、權傾朝野的大將軍！

原 一呼百諾　　近 一倡百和

一面之交

指雙方的交情並不深厚。

例： 我和他只不過是一面之交，不太
瞭解他的底細。

近 泛泛之交　　反 莫逆之交

一氣呵成

形容文章的氣勢暢旺，首尾連
貫。

例： 姚先生寫的那首詩委婉生動，一
氣呵成，令人百讀不厭。

一敗塗地

失敗到了無可收拾的地步。

例： 這次籃球比賽，甲隊防守連連失
誤，結果一敗塗地。

近 土崩瓦解　　反 連戰連捷

一朝一夕

指短時間。

例： 她唱歌唱得那麼好，不是一朝一
夕之功，而是長期苦練出來的。

反 長年累月、日積月累

一無所有

什麼都沒有。

例： 洪水淹沒了他的莊稼，沖走了他
的屋子，他變得一無所有了。

近 一貧如洗　　反 富可敵國

一視同仁

平等對待任何人。

例： 父親為人寬厚，他對親友，不分
貧富，都一視同仁。

近 不分畛域　　反 厚此薄彼

一針見血

比喻言語和文章中肯深入。

例： 李生的話一針見血，指出了問題
的癥結所在。

近 一語中的　　反 隔靴搔癢

一望無際

遼遠廣闊，看不到邊際。

例： 我從來沒有見過草原，一望無際，
如此壯闊！

近 一望無涯、一望無垠

一廂情願

單方面的如意想法。

例：你不要一廂情願地想得這麼美，事情的結局可能完全出你意外。

反 兩相情願

一揮而就

文思敏捷，揮筆即成。

例：他只是略略構思，提起筆來，兩首七言律詩一揮而就。

又 一揮而成　　**近** 下筆成篇

一筆抹煞

輕率否定功績或優點。

例：我們不能因為他犯了一次過錯，便把他往日的貢獻一筆抹煞。

近 一筆勾銷

一勞永逸

辛苦一次，便可以永遠安逸。

例：為求一勞永逸，興建這項水利工程必須妥善規劃。

一絲不苟

一點兒也不馬虎。

例：她對工作一絲不苟，做出了成績，值得我們大家學習。

反 敷衍塞責、敷衍了事

一意孤行

不聽別人忠告，堅持己見去做。

例：他不聽大家的勸告，一意孤行，所以把事情弄糟了。

近 獨斷獨行　　**反** 從善如流

一概而論

對不同性質的問題籠統地同樣看待。

例：這是兩個性質完全不同的問題，怎麼可以一概而論？

近 相提並論

一落千丈

形容事物衰敗得非常迅速。

例：那家銀行受擠提打擊之後，業務一落千丈。

近 一蹶不振　　**反** 蒸蒸日上

一鳴驚人

平時默默無聞，突然作出驚人之舉。

例：她首次登台表演，便博得滿堂喝彩，真是一鳴驚人啊！

近 一飛沖天　　**反** 默默無聞

一語道破

一句話說穿。

例：小明的秘密被爸爸一語道破，滿臉尷尬神色，引得大家哈哈大笑。

近 一針見血

一塵不染

乾淨得沒有一點塵埃。

例：媽媽把家裏收拾得一塵不染，準備迎接客人。

反 蛛網塵封、藏垢納污

一箭雙鵰

一舉兩得的意思。

例：警方這次突襲行動，既針對毒梟，又阻截走私，可謂一箭雙鵰。

近 一舉兩得、一石二鳥

一諾千金

形容說話極有信用。

例：張先生極重信用，對誰都一諾千金，絕不食言。

近 言出必行　　**反** 輕諾寡信

一竅不通

什麼也不懂的意思。

例：他對音樂很在行，但對畫畫卻是一竅不通。

反 心領神會

一籌莫展

無計可施的意思。

例：丈夫失業在家，孩子又得了重病，李太太簡直一籌莫展！

近 束手無策

反 胸有成竹

一蹶不振

比喻受到挫折再也振作不起來。

例：市面蕭條，華叔的生意更是一蹶不振，只好停業。

近 一敗塗地　　**反** 蒸蒸日上

一蹴而就

比喻很容易成功。

例：人必須艱苦奮鬥，才能成功，任何事業都不可能一蹴而就。

又 一蹴即至　　**近** 一步登天

一曝十寒

比喻做事沒有恆心。

例：學習外語切忌一曝十寒，否則永遠學不好。

近 時作時輟　　**反** 夙夜匪懈

一觸即發

稍一觸動，便告爆發。

例：這兩個接鄰的國家各自在邊境上集結大軍，戰爭一觸即發。

近 箭在弦上、勢如彍弩

一覽無遺

一眼就看清楚，沒有半點遺漏。

例：我們站在山上放眼四望，香島綺麗的景色一覽無遺。

又 一覽全收

近 一目了然　　**反** 管中窺豹

【二畫】

七手八腳

形容十分忙亂。

例：時間緊迫，大家七手八腳地忙亂了一陣，才把道具搬到舞台上去。

近 手忙腳亂　　反 有條不紊

七零八落

形容事物的凋殘、零亂。

例：主人不在家，家裏的東西被竊賊翻得七零八落。

近 亂七八糟　　反 井井有條

七竅生煙

形容非常憤怒。

例：他聽到有人在背後中傷他，氣得七竅生煙。

又 七孔生煙

近 暴跳如雷　　反 心平氣和

九牛一毛

比喻極大數量中的極小數。

例：比起你的億萬家財，這幾千元猶如九牛一毛，你又何必太吝嗇？

又 九牛一毫　　反 太倉一粟

九死一生

比喻極端危險。

例：消防隊員冒着九死一生的危險把孩子從大火中救了出來。

反 安然無恙

九霄雲外

形容極遠處或沒有蹤跡。

例：放學回來，弟弟只顧玩耍，媽媽叮囑溫課的話，早忘在九霄雲外。

人山人海

形容很多人聚集在一起。

例：端午時節，岸上人山人海，大家爭看龍舟競賽。

近 人如潮湧　　反 寥寥可數

人才濟濟

形容人才很多。

例：我們班上人才濟濟，編一期校刊有什麼困難呢？

反 人才凋零、鳳毛麟角

人之常情

人通常有的情感。

例：送別好朋友時忍不住傷心流淚，這也是人之常情。

人云亦云

隨意附和，跟着人家說話。

例：他對任何人、任何事都有自己的
看法，從不人云亦云，隨聲附和。

近 拾人牙慧　　**反** 自出機杼

人心叵測

用心險惡，難以預先防範。

例：我把他當成好朋友，想不到他反
過來陷害我，真是人心叵測啊！

近 人心難測

人心惶惶

形容人人驚慌不安。

例：這幢大廈最近連續發生了幾次劫
案，弄得眾住戶人心惶惶。

又 人心皇皇

人地生疏

初到異鄉，不熟悉當地的情形。

例：他初到這個小鎮，人地生疏，找
事做真不容易。

近 舉目無親　　**反** 識途老馬

人言可畏

人們的風言風語很可怕。

例：俗話說：人言可畏。你要提防這
些流言蜚語會對你造成損害。

近 眾口鑠金

人定勝天

人的智慧和力量可以戰勝自然。

例：只有科技高度發達，才能真正實
現人定勝天。

原 人強勝天

反 成事在天、天意難回

人面獸心

外表善良，心腸狠毒。

例：那個流氓屢次強姦幼女，真是個
人面獸心的壞蛋！

近 佛口蛇心

人浮於事

人多而事少或人員過多。

例：這家公司機構龐大，人浮於事，
工作效率很低。

近 僧多粥少

人情世故

處理人際親疏遠近厚薄關係的
道理。

例：別看她年紀小小，卻通曉人情世
故。

人情冷暖

人的情誼變化像天氣一樣無常。

例：家道中落的人，最能體會得到人
情冷暖的滋味。

近 世態炎涼

人微言輕

地位低微，所講的話也不被重視。

例：他的建議很有價值，可惜人微言輕，經理根本不予考慮。

原 人輕言微　　反 言重九鼎

人窮志短

生活窮困，壯志也消沉了。

例：當年，他並沒有因家境貧困而人窮志短，否則怎能有今日的成功？

近 窮困潦倒　　反 窮當益堅

人聲鼎沸

形容人聲喧嚷嘈雜。

例：忽聽得外面人聲鼎沸，我急忙開門出去，看看發生了什麼事情？

反 鴉雀無聲

入不敷出

收入的錢，不夠支出。

例：自從父親故世後，家計蕭條，常常入不敷出。

近 捉襟見肘　　反 綽綽有餘

入木三分

刻畫或描寫得十分深刻。

例：這部小說把主人公自私刻薄的個性刻畫得入木三分。

近 鞭辟入裏　　反 輕描淡寫

入情入理

十分合乎情理。

例：老師的一番忠告，入情入理，令我心悅誠服。

近 通情達理　　反 不近人情

入鄉隨俗

到了他鄉，應順從當地的風俗習慣。

例：你既然來了，何妨入鄉隨俗，跟大家一樣。

又 入鄉隨鄉

近 入國問禁　　反 我行我素

八面玲瓏

處世圓滑而周到的意思。

例：他雖處世八面玲瓏，但無實際本領，怎麼能升要職？

近 八面見光　　反 呆頭呆腦

刁鑽古怪

形容性情古怪。

例：他的脾氣刁鑽古怪，大家都對他敬而遠之。

反 落落大方、豁達大度

力不從心

內心想做，但力量不足。

例：我很想幫你的忙，無奈力不從心啊！

近 有心無力　　反 得心應手

力竭聲嘶

力氣用完，聲音也嘶啞了。

例：他大呼救命，喊至力竭聲嘶，可
　　是一直沒有人來搭救他。

原 聲嘶力竭

十全十美

完美無缺的意思。

例：世間沒有十全十美的人，犯了錯
　　誤能改正就好。

近 盡美盡善　　反 美中不足

十拿九穩

表示很有把握。

例：小萍的學習成績很出色，考大學
　　看來十拿九穩。

近 萬無一失、胸有成竹
反 心中無數

十惡不赦

罪惡很大，不能赦免。

例：有許多人主張，對於那些十惡不
　　赦的大壞蛋，必須嚴厲懲處。

十萬火急

非常急迫，不可遲延。

例：敵人兵臨城下，我軍防禦單薄，
　　援軍路遠未達，形勢十萬火急。

近 急如星火　　反 不急之務

【三畫】

三五成羣

三個一伙，五個一羣。

例：暑假期間，學生們都愛三五成羣
　　到海灘去游泳。

近 三三兩兩

三心兩意

拿不定主意或意志不堅定。

例：你趕快作出決定吧，不要再三心
　　兩意耽擱時間了。

原 三心二意

近 心猿意馬　　反 一心一意

三令五申

再三命令告誡。

例：經理已經三命五申，要求大家遵
　　守制度。

三言兩語

幾句話。

例：這樁事情複雜得很，三言兩語是
　　說不清楚的。

原 三言兩句　　反 絮絮不休

三長兩短

指發生意外變故。

例：姑媽只有你一個兒子，萬一你有甚麼三長兩短，叫她怎麼受得了？

三思而行

經過再三考慮才去做。

例：你想棄學做工，這樣會埋沒你的前途，希望你三思而行。

反 輕舉妄動

三番兩次

好幾次。

例：經過三番兩次的申訴，劉老伯的居屋問題終於得到圓滿的解決。

又 三番五次

三頭六臂

比喻了不起的本領。

例：他們人多勢眾，你縱有三頭六臂也無法對付。

上行下效

下面的人跟着上面的人做。

例：當長官的切勿貪贓枉法，否則上行下效，後果是很嚴重的。

亡羊補牢

喻事後的補救還不算遲。

例：過去的學習成績不好，只要抓緊時間補習，亡羊補牢尚不為遲。

近 見兔顧犬　　**反** 噬臍莫及

千方百計

用盡各種方法。

例：為了讓孩子繼續唸大學，她千方百計地去籌措學費。

近 想方設法

反 一籌莫展、無計可施

千辛萬苦

許許多多的艱難困苦。

例：他翻山越嶺，歷盡千辛萬苦，才從敵人的俘虜營裏逃回來。

反 輕而易舉

千里迢迢

形容路途遙遠。

例：她千里迢迢地從偏僻的鄉村趕來，為的是想和兒子見上一面。

近 關山迢遞　　**反** 近在咫尺

千言萬語

有滿肚的話要說。

例：他倆久別重逢，雖有千言萬語，卻不知從何說起。

又 萬語千言

反 片紙隻字、不置一詞

千軍萬馬

兵馬眾多，軍力雄厚之意。

例：貝多芬的英雄交響曲氣勢磅礴，
聽來有如千軍萬馬奔騰，令人振
奮！

反 一兵一卒

千恩萬謝

再三感謝。

例：顏先生對眾人幫他尋回失蹤的女
兒，自是千恩萬謝。

千真萬確

形容非常確實。

例：他貪贓枉法可是千真萬確的事，
你為什麼不相信呢？

反 捕風捉影

千鈞一髮

形容形勢萬分危急。

例：眼看他要沒頂，在這千鈞一髮的
當兒，拋去的救生圈被他抓着了。

又 一髮千鈞

近 危如累卵　　**反** 安如泰山

千載難逢

形容機會難得與可貴。

例：哈雷彗星將再度出現，這可是個
千載難逢的觀測好機會啊！

近 千載一時

千變萬化

形容變化非常多。

例：山裏的氣候千變萬化，剛才還是
陽光燦爛的，一眨眼又下起雨來。

近 變化莫測

反 千篇一律、一成不變

千篇一律

比喻文章、言談、處事公式化。

例：這位作家寫的作品千篇一律，都
是一些無病呻吟的東西。

近 千人一面

千頭萬緒

形容事物複雜紛亂。

例：這件事千頭萬緒，不知從何做起呢！

又 千緒萬端、千端萬緒

反 有條不紊

千錘百煉

經歷多次艱苦的鬥爭或辛勤磨
煉。

例：許多名詩佳句，是經過詩人千錘
百煉才寫出來的。

反 初出茅廬、少不更事

口是心非

所說的和所想的不一致。

例：我們待人處世，理應言行一致，
絕不可口是心非。

近 言不顧行

反 言行一致、心口如一

29

口若懸河

喻人能言善辯。

例：辯論會中，他口若懸河，給人留下了深刻的印象。

又 口如懸河

反 張口結舌、噤若寒蟬

口碑載道

形容人或事物受到廣泛稱讚。

例：那位老醫生醫術精湛，醫德又好，無怪乎口碑載道。

近 有口皆碑

口蜜腹劍

形容話甜心險的人。

例：由於人們愛聽好話，所以口蜜腹劍的人奸計容易得逞。

近 笑裏藏刀　　反 苦口婆心

土崩瓦解

比喻徹底潰敗，不可收拾。

例：這個走私集團在它的首腦及主要頭目落網之後，已經土崩瓦解。

又 瓦解土崩

近 分崩離析　　反 牢不可破

大刀闊斧

喻人辦事從大處着手，手段猛烈而爽快。

例：他辦事向來大刀闊斧，從不拖泥帶水。

反 優柔寡斷、細針密線

大公無私

公正而沒有私心雜念。

例：當官的要大公無私，才能得民心。

近 鐵面無私　　反 假公濟私

大失所望

希望完全落空。

例：父親取消了全家出國旅遊的計劃，我們都大失所望。

反 喜出望外

大功告成

完成十分艱巨的任務。

例：經過數月來的努力，這件事總算大功告成。

近 功德圓滿　　反 功虧一簣

大名鼎鼎

形容名聲極大。

例：他在香港可算是一位大名鼎鼎的外科醫生。

又 鼎鼎大名

近 遐邇馳名　　反 寂寂無聞

大吹大擂

比喻大肆宣揚，語言誇張。

例：越是在廣告中大吹大擂的貨品，它的質量就越是令人懷疑。

大快人心

人人都非常痛快。

例：那班無惡不作的兇犯終於受到應有的懲處，真是大快人心！

⚫反 人神共憤、天怒人怨

大言不慚

說大話而不覺得慚愧。

例：他常在人前誇耀自己的學問，真是大言不慚。

⚫反 虛懷若谷

大材小用

才高者居下位或人才使用不當。

例：林先生有這麼高深的學問，卻當個小職員，真是大材小用啊！

⚫近 明珠暗投

大相徑庭

表示彼此有很大的差異。

例：哥哥彬彬有禮，弟弟卻舉動魯莽，兩兄弟真是大相徑庭。

⚫近 雲泥殊路

大庭廣眾

許多人聚集的公共場合。

例：在大庭廣眾面前出言不遜是十分惹人反感的。

大海撈針

形容極難找到。

例：要在熱鬧的馬路上找回丟失的鑰匙，無異大海撈針。

⚫又 海底撈針、水底撈針

⚫反 唾手可得

大喜過望

結果比原來所期望的要好。

例：想不到今年升職又加薪，怎不叫她大喜過望呢？

⚫近 喜出望外　　⚫反 大失所望

大殺風景

形容大大敗壞興致。

例：想不到一位嘉賓帶着的小狗，竟在台上撒尿，真是大殺風景。

⚫又 大煞風景

大智若愚

有才智而不露，表面上看像很愚笨。

例：人不可貌相，難道你沒見過大勇若怯、大智若愚的人？

⚫又 大智如愚　　⚫近 大巧若拙

大惑不解

疑惑很多，不能理解。

例：這位博學多才的教師，竟突然被校方辭退，使同學們大惑不解。

⚫近 莫名其妙

⚫反 豁然開朗、恍然大悟

大發雷霆

大發脾氣，高聲斥責。

例：孩子犯了過錯，你這樣大發雷霆，
又罵又打，能幫他改正過錯麼？

近 怒不可遏、暴跳如雷

反 心平氣和

大開眼界

形容大大地增加了見識。

例：這次到西雙版納旅行，那裏一些
奇怪的民俗，使我大開眼界。

近 大飽眼福、茅塞頓開

大義凜然

堅持正義，嚴峻不可侵犯的樣
子。

例：他昂首面對敵人，大義凜然地指
控他們的侵略行徑。

近 義薄雲天　　**反** 搖尾乞憐

大勢已去

指前途已經沒有希望了。

例：敵軍士兵見大勢已去，紛紛繳械
投降。

反 方興未艾、氣勢磅礴

大勢所趨

整個局勢正朝着某個方向發展。

例：工業自動化，乃是大勢所趨。

近 人心所向

大腹便便

形容肚子肥大的樣子。

例：他見到一個大腹便便的人，便問
兒子：這人是大老闆嗎？

反 骨瘦如柴

大器晚成

有大材的人，成就往往很遲。

例：你不要過早低估了他，也許他是
大器晚成啊！

反 少年得志

大聲疾呼

大聲呼叫，提醒人注意。

例：他在這篇文章中大聲疾呼：莫讓
毒品斷送青少年的美好前途！

反 噤若寒蟬

大權獨攬

獨自掌握大權。

例：他出任這個公司的經理後，大權
獨攬，得罪了不少人。

近 大權在握　　**反** 大權旁落

大驚小怪

對不足為奇的事表現出過分驚訝。

例：你只不過是患了感冒，不必這樣
大驚小怪。

近 少見多怪　　**反** 不足為奇

大驚失色

非常驚恐，變了臉色。

例：當他們發現中了對方的圈套時，一個個大驚失色，呆若木雞。

近 面如土色　　反 談笑自若

大顯身手

盡量把本領表現出來。

例：在今天的歌舞演唱會上，演員們有機會大顯身手了。

近 大顯神通　　反 韜光養晦

孑然一身

喻孤單單的一個人。

例：從父母去世後，便孑然一身，過着無依無靠的生活。

近 孤苦伶仃、形單影隻

寸步難行

形容走路困難，亦比喻處境艱難。

例：他得了風濕病，發病時，兩條腿痛得寸步難行。

反 暢通無阻

寸草不留

比喻斬盡殺絕。

例：短短三天，殘暴的敵軍就把這個城市洗劫得寸草不留。

近 翦草除根、斬草除根、雞犬不留

寸陰尺璧

比喻光陰之可貴。

例：須知「寸陰尺璧」，年青人呀，別在嬉戲玩樂中虛度年華！

近 一刻千金　　反 虛度年華

小心翼翼

非常謹慎小心。

例：在完成上司交代的任務時，他小心翼翼，生怕出了一點差錯。

近 小心謹慎　　反 粗心大意

小巧玲瓏

形容物或人細巧美麗或者輕盈活潑。

例：這件小擺設小巧玲瓏，真是人見人愛。

近 玲瓏剔透　　反 碩大無朋

小題大做

比喻把小事情當大事處理。

例：他只是出了小差錯，何必小題大做，罰站記過？

近 借題發揮　　反 大事化小

山明水秀

形容風景優美。

例：這個地方山明水秀，風景如畫，吸引了許多中外遊客。

又 水秀山明、山清水秀
近 山清水媚

山珍海錯

名貴而美味的菜餚。

例：富豪們吃的是山珍海錯，穿的是綾羅綢緞。

図 山珍海味　　反 粗茶淡飯

山盟海誓

指着山海發誓，表示盟約像山和海那樣永恆不變。

例：他倆立下山盟海誓，表示永不變心。

原 海誓山盟
近 指天誓日　　反 忘恩負義

山窮水盡

比喻陷入絕境。

例：雖然你近來的處境艱難了一些，但是還沒到山窮水盡的地步呀！

近 日暮途窮　　反 柳暗花明

川流不息

形容連續不斷的意思。

例：東區走廊上，車輛日夜川流不息。
近 源源不絕、絡繹不絕

工力悉敵

工夫和力量完全相當，難分上下。

例：這兩幅畫，無論意境、技巧都工力悉敵，堪稱雙絕。
近 旗鼓相當、勢均力敵
反 無與倫比

才德兼備

既有才能，品德又好。

例：學校培養學生的最高目標是：才德兼備。
図 德才兼備

才疏學淺

指學識淺薄。

例：他雖然是一位知識淵博的學者，卻總是謙虛地表示自己才疏學淺。

近 孤陋寡聞
反 才高八斗、博學多才

【四畫】

不了了之

把事情放在一邊不去管，就算完事。

例：這樁公案時隔已久，無法調查清楚，只好不了了之。
反 有始有終

不亢不卑

既不驕傲，也不感到自卑。

例：他對任何人都是不亢不卑，待之以禮。
図 不卑不亢
反 降志辱身、盛氣凌人

不以為然

不認為是對的。

例：對於特異功能可以呼風喚雨的說法，趙先生很不以為然。

反 深以為然

不毛之地

荒涼、不長草木的地方。

例：這片田野，原是人跡罕至的不毛之地。

反 沃野千里

不可救藥

無藥可救，形容情況極壞。

例：他還沒有壞到不可救藥的地步，我們盡力挽救他吧！

反 無可救藥

不可一世

形容極其狂妄自大。

例：他當了經理後，便擺出一副不可一世的神態，使人反感。

近 目中無人　　**反** 禮賢下士

不可收拾

弄到無可挽救的地步。

例：快找人來修理屋頂吧，否則碰上颱颱風的話，就不可收拾了。

近 無法挽救　　**反** 大有可為

不可多得

形容稀少，難得。

例：像《紅樓夢》這樣的巨著，在世界文學寶庫中也是不可多得的。

反 俯拾即是、比比皆是

不可思議

無法想像的意思。

例：五千年前的埃及人，靠體力築成金字塔，簡直不可思議。

不甘示弱

不甘心承認自己比不上別人。

例：客隊的攻勢很強，主隊也不甘示弱，這場球賽打得難分難解。

近 不甘後人
反 自暴自棄、甘拜下風

不由自主

由不得自己作主或控制不了自己。

例：看到街口圍着一堆人，大家不由自主地跑去看個究竟。

近 身不由己、情不自禁

不名一文

窮得身上一個錢也沒有。

例：經過幾年的揮霍，如今他已窮愁潦倒，不名一文。

反 一文不名
近 囊空如洗　　**反** 腰纏萬貫

不同凡響

比喻才能本領出眾。

例：那位學生果然不同凡響，他只花了一小時就解答完了所有的難題。

近 出類拔萃

不共戴天

表示仇恨深重，誓不兩立。

例：侵略者洗劫了這個村莊，殺死了無辜的百姓，此仇不共戴天！

近 誓不兩立

不求甚解

不尋求徹底明白瞭解。

例：讀書不求甚解，怎麼會有進步呢？

反 不厭其詳、融會貫通

不足掛齒

形容不值得一提。

例：我要向他道謝，他卻把手一揮，說道：「區區小事，不足掛齒。」

近 何足掛齒　　反 非同小可

不言而喻

不用說就能明白。

例：他考試得了第一名，內心的高興是不言而喻的。

近 顯而易見　　反 百思不解

不知不覺

沒有覺察到。

例：愉快的中學生活，不知不覺間過去了五年。

不約而同

沒有預先約定，行動完全一致。

例：放學以後，大家都不約而同去瑪麗醫院探望敏兒同學。

近 不謀而合

不計其數

形容極多。

例：這次強烈地震來得突然，且發生在深夜，造成的傷亡不計其數。

近 不勝枚舉　　反 寥寥無幾

不省人事

昏迷過去，失去了知覺。

例：聽見丈夫去世的消息，她一下子暈了過去，不省人事。

近 昏迷不醒

不修邊幅

比喻不講究儀表。

例：他是個有名的畫家，但平時老是衣衫不整，不修邊幅。

反 衣冠楚楚

不倫不類

既不像這樣，也不像那樣。

例：她已老了，卻還穿那些新潮的服
　　裝，給人一種不倫不類的感覺。

🔵 不三不四、非驢非馬

不務正業

不從事正當的職業。

例：那些不務正業、游手好閒的青
　　年，最容易走上邪路。

不勞而獲

毫不費力地獲得。

例：抱着不勞而獲的思想生活，終究
　　會誤入歧途的啊！

🔵 坐享其成　　🔴 徒勞無功

不時之需

隨時都會出現的需要。

例：我把每個月沒用完的零用錢都儲
　　存起來，以備不時之需。

不假思索

形容做事、答話迅速。

例：由於他準備充分，所以能不假思
　　索地解答出那道試題。

🔴 深思熟慮

不寒而慄

極度恐慌的意思。

例：晚上睡在牀上，回想起剛才聽到
　　的鬼故事，真叫我不寒而慄。

🔵 毛骨悚然、心驚膽戰
🔴 若無其事

不堪一擊

禁不起一打。

例：他雖然肥胖得像個龐然大物，卻
　　是贏弱得不堪一擊。

🔵 弱不禁風　　🔴 堅如磐石

不堪回首

回憶往事，痛苦難忍。

例：提起那段不堪回首的往事，只能
　　使人感到傷心。

不置可否

指不表明贊同或反對。

例：看過我的設計圖後，總工程師不
　　置可否，只是對我淡淡一笑。

🔵 模棱兩可

不遺餘力

把所有的力量都使出來。

例：他不遺餘力地工作，贏得了大家
　　一致的好評。

🔵 竭盡全力　　🔴 淺嘗輒止

不學無術

沒有學問和技能。

例： 那家伙不學無術，卻偏要裝出有學問的樣子，看了真叫人噁心。

反 學富五車

不翼而飛

比喻東西突然不見了。

例： 回到家時，媽媽才發現自己手提包裹的錢已不翼而飛。

原 無翼而飛　　**反** 原封不動

不識時務

不懂得適應時代潮流。

例： 像他這樣不識時務的人，是很難在官場立足的。

反 通權達變、隨機應變、靈機應變

五內如焚

形容心中焦急萬分。

例： 李先生聽說他妻子搭乘的那艘輪船出事了，急得五內如焚。

近 心急如焚

五光十色

形容色彩繽紛，品種繁多。

例： 這家商店的貨品陳列得五光十色，吸引了不少顧客。

近 五花八門、形形色色

五體投地

形容欽佩之極。

例： 表姊說得一口流利的英語，令弟弟佩服得五體投地。

近 欽佩萬分、心悅誠服

反 不甘示弱

井井有條

很有條理秩序。

例： 新來的秘書辦事井井有條，深得經理的信任。

近 有條不紊　　**反** 亂七八糟

井底之蛙

比喻見識淺薄。

例： 請不要用「井底之蛙」去諷刺人，那是很傷人自尊心的。

近 坐井觀天　　**反** 見多識廣

仁至義盡

對人的愛護和幫助盡了最大的努力。

例： 我們對你已經是仁至義盡，希望你知錯能改。

六神無主

形容心慌意亂，不知如何是好。

例： 聽說孩子不見了，她急得六神無主。

近 方寸已亂、不知所措

六親不認

所有親戚，一概不認。

例：過去我們收養了他，現在找他幫忙，他竟六親不認了。

升斗小民

指貧困窮苦的百姓。

例：物價飛漲，讓升斗小民的沉重生活負擔百上加斤。

反 升斗市民　　**反** 億萬富翁

凶多吉少

凶害多，吉利少。多指估計事態的發展趨勢不妙。

例：在這次海難中失蹤的人久未尋獲，恐怕已是凶多吉少了。

分道揚鑣

各走各的路。

例：既然我們對創業的意見大不相同，那就分道揚鑣好了。

原 分路揚鑣　　**近** 各奔前程

切膚之痛

比喻感受極為深切。

例：看到自己的同胞遭到敵人的侮辱，他不由感到切膚之痛。

反 麻木不仁、無關痛癢

切磋琢磨

反覆推敲，共同討論之意。

例：經過和學術界朋友多次的切磋琢磨，他的論文終於完成了。

近 切磋砥礪

化險為夷

將危險轉變成為安全。

例：他機智地把狼引開，化險為夷，孩子終於得救了。

近 轉危為安

反脣相稽

反過來譏諷對方。

例：老劉喜歡賭馬，卻責怪妻子愛打麻雀，他妻子自然要反脣相稽了。

反 反脣相譏

反躬自省

檢討、反省自己。

例：出了差錯後，不要先責怪他人，應反躬自省一下。

反 反躬自責、反躬自問

近 捫心自問

反覆無常

變化不定。

例：最近天氣的變化反覆無常，你要多多保重才好。

反 始終不渝、始終如一

天衣無縫

比喻工藝精湛或事情完美。

例：這篇文章結構嚴謹，章法之妙猶如天衣無縫。

近 盡善盡美　　反 破綻百出

天災人禍

指自然災害和人為的禍患。

例：這個小島國經歷了連年的天災人禍，國力凋蔽，元氣大傷。

反 天下太平

天昏地暗

天地昏黑無光。

例：忽然，她感到一陣天昏地暗，接着就不省人事地仆倒在地下了。

又 天昏地黑　　反 天朗氣清

天南地北

形容距離遙遠，或泛指遠方。

例：他從小就跟着父親闖走天南地北，對家鄉的印象不深。

又 天南海北

天高地厚

比喻高低、輕重。

例：這孩子年少無知，說話不知天高地厚，請大家多多包涵。

天真爛漫

指兒童心地單純，不做作。

例：小梅生得聰明伶俐，天真爛漫，左鄰右舍都很喜歡她。

近 天真活潑　　反 矯揉造作

天造地設

讚美事物自然形成而合乎理想。

例：山頂這塊大石頭簡直是天造地設的瞭望台。

近 鬼斧神工

天涯海角

指極遠的地方。

例：他們為了找尋地下寶藏，走遍了天涯海角。

原 天涯地角　　反 近在咫尺

天寒地凍

形容天氣極為寒冷。

例：中國的北方，一到冬天就天寒地凍，人們必須在室內生爐火取暖。

近 冰天雪地

天經地義

比喻理所當然。

例：為人子女，應當孝順父母，這是天經地義的事。

近 理所當然　　反 大逆不道

天網恢恢

形容罪人逃不出法網。

例：俗語說：天網恢恢，疏而不漏，
那兇犯一定逃不過法律制裁的。

近 天理昭彰　　反 暗無天日

天羅地網

表示防範及佈置均極嚴密。

例：歹徒再狡詐，還是逃不過警方所
佈下的天羅地網。

天壤之別

形容差別極大。

例：把他現在的闊綽生活與過去的窮
困潦倒相比，真有天壤之別！

又 霄壤之別

近 判若雲泥　　反 大同小異

少不更事

年紀輕，經歷的事不多。

例：這個年青人少不更事，現在還不
適宜委以重任。

近 初生之犢、初出茅廬

反 千錘百煉

少見多怪

形容見識少。

例：來自香港的遊客一見到雪就歡呼
起來，北方人都笑他們少見多怪。

反 見多識廣、司空見慣

引人入勝

引人進入美妙的境界。

例：這座園林不大，但是其間的迴廊
曲徑卻十分引人入勝。

反 平淡無奇

引吭高歌

放聲唱歌。

例：有了卡拉ＯＫ，平素不敢唱歌的
人也有勇氣上台引吭高歌了。

反 淺斟低吟

心力交瘁

精神和身體均已疲憊。

例：為了應付畢業考試，我已經心力
交瘁，哪裏會有心思去學電腦。

近 精疲力盡　　反 精神奕奕

心不在焉

形容思想不集中。

例：敏敏上課時心不在焉，老師在講
些什麼，她一句也沒有聽進去。

近 心猿意馬　　反 全神貫注

心血來潮

指突然產生某種念頭。

例：他一時心血來潮，買了隻猴子來
養，結果給家裏帶來不少麻煩。

近 靈機一動

心安理得

事情做得合理,心裏感到坦然。

例:他做事只求對得住良心,拿這麼
點報酬也心安理得。

反 寢食不安

心有餘悸

經歷一場危險,事後還感到害怕。

例:我親眼看見那座橋倒塌,現在回
想起來還心有餘悸呢!

近 談虎色變

心如刀割

形容心痛之極。

例:看到她的丈夫病得骨瘦如柴,她
不禁心如刀割,悲從中來。

又 心如刀絞

近 肝腸寸斷　　　**反** 鐵石心腸

心灰意冷

失望已極,難以振作。

例:他考大學沒有考上,心灰意冷,
不打算再唸書了。

又 心灰意懶

近 心如死灰　　　**反** 雄心萬丈

心直口快

喻人直爽,不知忌諱。

例:楊先生心直口快,有什麼就說什
麼。

反 不苟言笑

心花怒放

形容心裏非常高興。

例:他得到兒子在美國獲得博士學位
的消息後,不由得心花怒放。

近 雀躍三百、興高采烈

反 憂心忡忡

心服口服

心裏、嘴上都佩服。

例:中國游泳選手的確技藝超羣,連
對手也都輸得心服口服。

近 心悅誠服

心狠手辣

心腸兇狠,手段毒辣。

例:那家伙心狠手辣,逼死了很多人,
真是罪大惡極!

反 菩薩心腸

心神恍惚

形容心境不安,思緒混亂。

例:自從她的孩子離家出走後,她一
直心神恍惚,茶飯不思。

近 神不守舍　　　**反** 心定神閒

心悅誠服

真心誠意地佩服或服從。

例:李先生的一番高見,使我心悅誠
服,我立刻收回了自己的意見。

近 五體投地、心服口服

心照不宣

彼此心裏明白，而不公開説出。

例：家裏的人都知道爺爺已經不久於
人世，只是心照不宣罷了。

㊒ 心領神會

心亂如麻

心中煩亂，像一團亂麻。

例：天文台已掛起八號風球，弟弟卻
仍未返家，母親急得心亂如麻。

㊒ 心慌意亂

心廣體胖

心胸寬暢，身體自然舒泰。

例：孫家明個性開朗、樂天，心廣體
胖，看起來總是那麼安詳舒泰。

㊒ 心寬體胖

心領神會

心裏已經領會明白。

例：這首五言詩，你只要反覆背誦，
日久自然能心領神會。

㊁ 不得要領

心曠神怡

心情開朗，精神愉快。

例：漫步在景色宜人的湖邊，不由使
人心曠神怡！

㊒ 怡然自得　　㊁ 心煩意亂

心驚肉跳

形容極度恐慌不安。

例：最近治安很差，害得這幾天來我
每次上街，都總是心驚肉跳的。

㊒ 惴惴不安、心驚膽戰、六神無主

心驚膽戰

形容極其驚慌害怕。

例：看完那部恐怖電影，她心驚膽戰，
竟然不敢關燈睡覺。

㊃ 膽戰心驚
㊒ 心驚肉跳　　㊁ 神色自若

手不釋卷

形容勤學。

例：看叔叔抱着「馬經」，手不釋卷，
我就知道今天又是賽馬日了。

㊒ 孜孜不倦

手足無措

不知怎麼辦才好。

例：她聽見樓下有人在喊救命，嚇得
手足無措。

㊃ 手足失措
㊒ 驚惶失措　　㊁ 應付裕如

手忙腳亂

形容驚慌失措，亦形容做事忙亂。

例：聽説爸爸馬上就要回來，小明手
忙腳亂，趕快收拾屋子。

㊀ 手慌腳亂、有條不紊、慢條斯理

手無寸鐵

手中沒有兵器。

例：法西斯軍隊竟向手無寸鐵的老百姓開火，真是令人髮指！

反 堅甲利兵、荷槍實彈

手舞足蹈

快活得不由自主地跳起舞來。

例：她知道自己考取了大學，高興得手舞足蹈起來。

近 歡欣雀躍

支離破碎

殘缺不完整。

例：那篇文章，被他胡亂刪節得支離破碎，面目全非。

近 殘缺不全　　**反** 完美無缺

文質彬彬

形容男子儀表端正，舉止有禮。

例：張先生看起來文質彬彬，誰知他竟是個田徑好手呢！

近 溫文爾雅　　**反** 魯莽滅裂

文過飾非

掩飾過失和錯誤。

例：做錯了事應勇於承擔責任，不該文過飾非。

近 拒諫飾非　　**反** 引咎自責

斤斤計較

一絲一毫都要計較。

例：這麼一點小事，你何必斤斤計較地鬧個沒完呢？

近 錙銖必較　　**反** 寬宏大量

方寸已亂

心緒已被擾亂。

例：聽說哥哥被車撞倒，他方寸已亂，哪裏靜得下心來上課呢？

近 心亂如麻　　**反** 鎮靜自若

方興未艾

喻事物正在發展之中。

例：這個城市的市鎮建設正蓬勃發展着，工業建設也方興未艾。

近 如日方升　　**反** 強弩之末

中流砥柱

喻起支撐作用的人或集體。

例：這家書店堅持出正派書，在抵制色情書刊中起了中流砥柱作用。

反 隨波逐流、隨俗浮沉

日上三竿

太陽已經升得很高了。

例：已經日上三竿了，你怎麼還沒起牀？

又 日高三竿　　**近** 紅日高照

日月如梭

形容時間過得迅速。

例：日月如梭，轉眼間，我們分別已有五個年頭了。

近 光陰似箭　　反 度日如年

日坐愁城

整天沉浸在愁苦之中。

例：自從女兒失蹤之後，老太太便日坐愁城，茶飯不思。

日暮途窮

比喻已到沒落階段。

例：由於經營不善，他的生意已經到了日暮途窮的地步。

又 日暮途遠
近 窮途末路　　反 來日方長

日新月異

形容發展迅速、進步快。

例：這些年來，香港的城市建設面貌真是日新月異。

反 依然如故

日積月累

逐日地積累下來。

例：他的文學造詣，是經過苦心鑽研，靠日積月累而得來的。

木已成舟

比喻事情已成定局，無可挽回了。

例：此事既然木已成舟，你就不必多考慮啦！

近 米已成炊

毛遂自薦

自我推薦的意思。

例：他比較熟悉那地方，到達目的地後，就毛遂自薦地作嚮導。

近 自告奮勇

水中撈月

比喻白費力氣，根本辦不到。

例：那時多少人聽信謠言到西部掘金，結果都如水中撈月。

原 水中捉月　　近 鏡裏拈花

水火不容

比喻互不相容。

例：他們本是親家，不知道為了什麼事，最近竟鬧得水火不容。

近 勢不兩立　　反 水乳交融

水泄不通

形容極度擁擠或嚴密包圍。

例：端午節那天，看划龍舟的人真多，幾處碼頭都擠得水泄不通。

反 通行無阻

水深火熱

比喻處境十分危難。

例：那個國家連年饑饉，近年又鬧戰亂，老百姓過着水深火熱的生活。

反 太平盛世、安居樂業

水落石出

比喻真相大白。

例：經過三年的偵查，地產商綁票案終於水落石出，真相大白。

近 真相大白　　反 石沉大海

火中取栗

被人利用去冒險，自己卻一無所得。

例：你想出錢為他挽回敗局，無異是火中取栗。

火燒眉毛

比喻情勢十分急迫。

例：現在已是火燒眉毛了，你還有閒功夫跟人下棋？

近 燃眉之急

【五畫】

世外桃源

與世隔絕的安樂地方。

例：過慣繁囂的都市生活，一到恬靜的郊野，就恍如進入世外桃源。

反 人間地獄

世態炎涼

指趨炎附勢的人情世態。

例：由於父母早逝，家道中落，他嘗盡了世態炎涼的滋味。

近 趨炎附勢、人情冷暖

仗義執言

為了正義說公道話。

例：為了維護公理，他不畏懼權勢，挺身而出，仗義執言。

反 噤若寒蟬

令人髮指

比喻憤怒到極點。

例：侵略軍屠殺無辜婦孺的滔天罪行，令人髮指。

近 令人切齒　　反 大快人心

以卵擊石

喻人不自量力。

例：你想單槍匹馬去對付那伙人多勢眾的匪幫，無異以卵擊石。

反 以卵投石

近 螳臂當車　　反 泰山壓頂

以身作則

以自己的行為作他人的榜樣。

例：班長事事以身作則，贏得全班同學的擁護。

以訛傳訛

把失真的消息又錯誤地傳開去。

例：某些報道往往捕風捉影，以訛傳訛，實在害人不淺。

以強凌弱

憑恃強力，欺負弱小。

例：國家不分大小，都應該互相尊重，決不可以大欺小，以強凌弱。

近 弱肉強食　　反 鋤強扶弱

以逸待勞

養精蓄銳，待機痛擊來犯疲乏之敵。

例：敵軍遠途跋涉而來，我軍以逸待勞，穩操勝券。

近 以靜制動

以管窺天

比喻對事物的觀察狹窄、片面。

例：我對時局瞭解不透，要我議論，恐怕只能是以管窺天。

近 以蠡測海、管窺蠡測

以德報怨

用恩惠來報答仇恨。

例：我過去因誤會和他鬧翻，但他一直以德報怨，使我十分慚愧。

近 以直報怨

反 恩將仇報、以怨報德

出人頭地

形容超出別人或高人一等。

例：只要你肯發憤圖強，總有一天會出人頭地的。

近 嶄露頭角、頭角崢嶸、脫穎而出

出口成章

形容口才好或文思敏捷。

例：他的口才極好，出口成章，是一個難得的司儀人才。

出生入死

冒着生命危險。

例：戰士們冒着槍林彈雨，出生入死地跟敵人作戰。

近 視死如歸　　反 貪生怕死

出奇制勝

比喻用對方意料不到的方法取勝。

例：我軍聲東擊西，出奇制勝地攻下了那座城池。

出其不意

出乎別人意料之外。

例：他出其不意地從背後蒙住了我的眼睛，嚇了我一大跳。

近 出人意表、乘人不備

反 不出所料

出神入化

形容技術好到神妙的地步。

例：演奏鋼琴要達到出神入化的境地是很不容易的，非下苦功不可。

近 神工鬼斧

出爾反爾

比喻沒有信用。

例：我們待人處世，應該守信用，重言諾，切不可出爾反爾。

近 朝命夕改、口中雌黃

反 一諾千金

出類拔萃

超羣出眾的意思。

例：王小蘭品學兼優，在全校都可以算是出類拔萃的。

近 卓爾不羣、庸中佼佼

反 碌碌無能

功虧一簣

喻沒有把快完的事做到底。

例：小明快跑到終點時扭傷了腳，以致功虧一簣，讓小剛奪了冠軍。

又 一簣之功

近 功敗垂成　　反 大功告成

包羅萬象

形形色色，包括一切。

例：這套少年百科叢書內容非常豐富，可以說是包羅萬象，應有盡有。

近 應有盡有　　反 掛一漏萬

半斤八兩

比喻彼此本事普通，不分上下。

例：這兩個拳擊手技藝普通，半斤八兩，看來誰也打不過誰。

近 難分高下、不分上下

半吞半吐

想說又不願說。

例：你有話儘管直說，不要這樣半吞半吐的。

近 吞吞吐吐、欲語又止

反 直言不諱

半信半疑

有些相信，有些懷疑。

例：儘管他說得有根有據，可是我仍然半信半疑。

近 將信將疑

反 深信不疑、信以為真

半途而廢

中途放棄的意思。

例：算來你學日語近兩年了，如今半
途而廢，豈不可惜？

近 中道而止　　反 堅持不懈

去偽存真

去掉虛假的，保留真實的。

例：學習和吸收前人的智慧和經驗，
要善於去偽存真，去粗取精。

近 去蕪存菁、去粗取精
反 兼容並包

古色古香

形容古典雅緻。

例：想不到衣着如此摩登的陳先生，
家中的擺設竟然這麼古色古
香。

另眼相看

指特別看待。

例：老師看到這個學生聰明伶俐，不
由得對他另眼相看。

区 另眼相待
近 刮目相看　　反 一視同仁

可歌可泣

形容事跡英勇悲壯，感人深切。

例：他那捨己救人的英勇事跡真是可
歌可泣。

叱咤風雲

形容聲勢威力巨大。

例：想不到當年叱咤風雲、威震中外
的將軍，晚景落得如此蕭條。

司空見慣

見慣了不足為奇的意思。

例：人類遨遊太空，從前還只是個幻
想，如今卻成了司空見慣的事了。

近 習焉不察
反 蜀犬吠日、少見多怪

四分五裂

比喻不統一。

例：二十年代初期的軍閥割據，使中
國又一次陷於四分五裂的局面。

近 瓜分豆剖、支離破碎
反 團結一致

四平八穩

非常穩當。

例：這座體育館雖然外型並不精巧，
但卻建造得四平八穩，堅固非
常。

近 穩如泰山　　反 東倒西歪

四面楚歌

比喻陷於孤立窘迫的境地。

例：清盤的消息一傳出，債主紛紛上
門，公司一時陷入四面楚歌之中。

近 風聲鶴唳

四海為家

到處漂泊流浪。

例：這些年來，他過慣了到處漂泊、
四海為家的生活。

近 浪跡天涯　　**反** 葉落歸根

四通八達

形容交通便利。

例：香港的交通四通八達，出行異常
方便。

失之交臂

形容錯過機會的意思。

例：他從美國回港度假，我卻因公事
去日本，失之交臂，真是遺憾。

近 錯失良機

失魂落魄

形容心神不定，行動失常。

例：看他今天失魂落魄的樣子，我猜
想可能他家發生了什麼事兒。

近 魂飛魄散、魂不附體
反 泰然自若

奴顏婢膝

形容討好奉承、卑躬屈節的醜
態。

例：他為人正直，從不奴顏婢膝地去
奉承上司。

近 卑躬屈節　　**反** 堅貞不屈

左右為難

不管怎麼辦都有難處。

例：父親要我繼續升學，母親卻叫我
找工做，真使我左右為難哪！

左右逢源

辦事得心應手，一切順利。

例：他對此事的來龍去脈瞭如指掌，
處理起來自然左右逢源，十分順
利。

近 得心應手　　**反** 左支右絀

左思右想

再三思考。

例：這樁事很麻煩，我左思右想，都
想不出一個好辦法。

反 不假思索

左顧右盼

形容洋洋得意的神態。

例：坐在主席台上的蘇小姐左顧右
盼，好一副洋洋自得的樣子！

近 得意洋洋　　**反** 垂頭喪氣

巧言令色

形容花言巧語，偽裝和善討好
人。

例：巧言令色的人往往別有用心，你
可不要上當啊！

反 疾言厲色

巧取豪奪

用各種方法謀取財物。

例：本鎮的人都知道，黃百萬的家產
都是靠巧取豪奪得來的。

反 巧偷豪奪

巧奪天工

人工遠勝於天然。

例：在這小小的欖核上刻了十八尊栩
栩如生的羅漢，真可謂巧奪天工。

近 出神入化、鬼斧神工
反 粗製濫造

平心靜氣

態度平和沉着。

例：你平心靜氣想想，在這件事情上
你也有過錯，不能全怪他。

近 心平氣和
反 心躁氣浮、心煩意亂

平步青雲

比喻順利地獲得高位。

例：他一走出校門，便福星高照，平
步青雲，當上了公司總經理。

近 青雲直上
反 命途多舛、一落千丈

平易近人

態度和藹可親，別人容易接近。

例：崔伯伯一向平易近人，大家都願
意跟他交朋友。

近 和藹可親　　**反** 拒人千里

平鋪直敍

指文章或說話沒有起伏變化。

例：小說最忌平鋪直敍，故事情節要
生動曲折才能吸引讀者。

近 平淡無奇　　**反** 千迴百折

打家劫舍

指強盜土匪的搶掠行為。

例：那些土匪每到一處就打家劫舍，
鬧得雞犬不寧。

打草驚蛇

事情泄漏，使人有了防備。

例：警察已佈下羅網，要捉拿劫匪，
請大家別大聲嚷嚷，以免打草驚
蛇。

反 不動聲色

未老先衰

年紀不大，人已衰老。

例：我剛過四十歲，卻已滿頭白髮，
精神日差，真是未老先衰啊！

反 老當益壯

未雨綢繆

比喻事先有防備。

例：周老伯未雨綢繆，颱風未到，早
已做足了防風的措施。

近 有備無患　　**反** 臨渴掘井

本末倒置

顛倒了事物的主次位置。

例：你還沒學會做人，便去追逐名利，如此本末倒置，只能兩頭落空！

近 輕重倒置、捨本逐末

正大光明

行為正派，心地光明。

例：李先生為人一向正大光明，深受同事們的敬重。

又 光明正大

近 光明磊落　　**反** 陰謀詭計

正中下懷

恰好符合自己心意。

例：我早就想去旅遊，父親提議春節合家去日本度假，可謂正中下懷。

反 事與願違

永垂不朽

永遠流傳，不會磨滅。

例：為國家、為民族的利益而犧牲的英雄永垂不朽！

近 名垂青史、流芳百世

玉石俱焚

喻好壞不分，同歸於盡。

例：幸好守城的將領陣前起義，否則全城玉石俱焚。

近 蘭艾同焚

玉潔冰清

指人的品性清白。

例：像她這樣玉潔冰清的女孩子，在如今的社會裏還是不少的。

原 冰清玉潔

近 一塵不染、白璧無瑕

瓜田李下

比喻容易遭到嫌疑。

例：考試時最好不要東張西望，以避免瓜田李下的嫌疑。

又 瓜李之嫌

瓜熟蒂落

喻時機成熟。

例：他倆的感情發展到今天，已瓜熟蒂落，是談婚論嫁的時候了！

近 水到渠成

甘拜下風

自認不如，真心佩服。

例：你下棋下得真好，我甘拜下風，今後得好好向你學習。

反 不甘示弱

生花妙筆

形容文筆生動。

例：他的生花妙筆把男女主人公都寫活了。

生搬硬套

不顧實際情況，一味套用別人的辦法。

例：別人的經驗再好，也不可以生搬硬套。

生龍活虎

生氣勃勃的意思。

例：運動員們個個都生龍活虎，在運動場上大顯身手。

近 朝氣蓬勃、生氣勃勃

反 奄奄待斃

生離死別

形容很難再見或永久離別。

例：戰爭使無辜的百姓遭受了生離死別的痛苦。

生靈塗炭

形容人民生活極其困苦。

例：連綿不斷的軍閥混戰使得這個國家生靈塗炭、民怨沸騰。

近 民不聊生　　反 國泰民安

白日做夢

比喻根本不能實現的幻想。

例：你不肯用功，又想當博士、當科學家，那不是白日做夢？

近 一枕黃粱　　反 南柯一夢

白手起家

空手創家立業。

例：他倆白手起家，用辛苦掙來的錢，開起了一家精品店。

反 白手興家

白璧無瑕

比喻十全十美。

例：她們原是白璧無瑕的女孩子，只因貪慕虛榮而失足墮落了。

近 十全十美　　反 白璧微瑕

白璧微瑕

比喻美中不足。

例：這些小毛病只是白璧微瑕，無損這部書的整體成就。

近 美中不足

反 白璧無瑕、十全十美

白頭偕老

指夫妻和好地在一起生活到老。

例：願你們小兩口互敬互愛，白頭偕老。

近 同偕白首

反 中道仳離、始亂終棄

皮開肉綻

皮肉都裂開了。

例：章伯伯稍一反抗，便被劫匪打得皮開肉綻，鮮血模糊。

近 遍體鱗傷、體無完膚

目不暇接

來不及觀看。

例：這兒陳列的商品五光十色，叫人目不暇接。

図 目不暇給

近 眼花繚亂　　**反** 一目了然

目不轉睛

集中注意力，看得出神。

例：奶奶目不轉睛地看着闊別了四十多年的弟弟，不禁涕淚交流。

近 全神貫注　　**反** 東張西望

目不識丁

不識一字。

例：經過政府普及教育後，目不識丁的人幾乎絕跡了。

近 不識之無、胸無點墨

反 學富五車

目中無人

形容極其狂妄自大。

例：他升了官之後，就目中無人，再也不和舊日的朋友往來了。

近 目空一切、目無餘子

反 虛懷若谷

目光如豆

喻眼光短淺，缺乏遠見。

例：他為了多掙些錢，竟叫孩子荒廢學業作他的幫手，真是目光如豆。

近 鼠目寸光

反 高瞻遠矚、目光如炬

目空一切

形容極端狂妄自大。

例：學問無止境，不學無術的人才會目空一切。

近 自命不凡、不可一世

目瞪口呆

因吃驚、害怕而發楞。

例：他拒不認罪，等到警方把證人帶出來時，他才驚得目瞪口呆。

近 瞠目結舌　　**反** 神色自若

石沉大海

像投進大海的石頭無蹤影。

例：聽說家鄉發生地震，我寫了好幾封信去詢問，竟然都如石沉大海。

図 石投大海

近 杳如黃鶴、音訊杳然

【六畫】

交頭接耳

輕聲密談的意思。

例：幾個女孩子聚在一起，就喜歡交頭接耳地說悄悄話。

近 竊竊私語

亦步亦趨

處處模仿他人的意思。

例：這份雜誌的內容、版面，都亦步亦趨地跟在某週刊後面，沒出息！

近 人云亦云　　**反** 獨往獨來

仰人鼻息

比喻依賴別人，不能自主。

例：你已經完全可以自立，何必寄人籬下，仰人鼻息呢？

近 寄人籬下　　**反** 獨立自主

任人唯親

任用人不管德才如何，只選用與自己關係密切的。

例：經理任人唯親，大家私下都有怨言。

反 任人唯賢、任賢使能

任勞任怨

不辭勞苦，不怕埋怨。

例：他做事認真負責，任勞任怨，深得上司的賞識和同事的稱讚。

近 忍辱負重

反 怨天尤人、叫苦連天

休戚相關

彼此間的禍福都相互關聯。

例：我與他情同手足，休戚相關，他有困難，我怎麼能不管？

近 息息相關、休戚與共、脣齒相依

兇相畢露

兇惡的神情完全暴露出來。

例：劫匪騙得小孩開門之後，便兇相畢露，明火執仗地大肆搜掠。

兇神惡煞

比喻兇狠的壞人。

例：大家一看來的這班人兇神惡煞似的，就知道事情不好了。

充耳不聞

形容存心不聽人家的話。

例：他整日在外遊蕩，對父母的勸告充耳不聞。

近 置若罔聞　　**反** 洗耳恭聽

先人後己

先考慮別人，後考慮自己。

例：一事當前，先人後己非易事，要做到大公無私就更難乎其難了。

近 先公後私

反 自私自利、先己後人

先入為主

以最初的印象為判斷依據。

例：先入為主的看法往往是片面的，須經長期考察方能對人下定論。

近 先入之見

先見之明

形容對事情有預見。

例：事情的發展如他所料，我真佩服他有先見之明。

近 未卜先知

先發制人

先動手制服對方。

例：我們和對方談判時，要先發制人，爭取主動。

反 後發制人

先睹為快

以先看到當作快樂的事。

例：這部電影一上映，人人都爭着買票，想先睹為快。

反 不屑一顧

先禮後兵

先以禮相待，後用強硬手段解決。

例：咱們先禮後兵，對方如蠻不講理，就立即報警捉他。

光天化日

比喻大家都能看見的地方。

例：那班流氓竟在光天化日之下調戲婦女，是可忍孰不可忍？

近 青天白日、眾目睽睽

光明磊落

光明正大，胸懷坦白。

例：他做事一向光明磊落，深得大家的敬重。

近 堂堂正正　　**反** 鬼鬼祟祟

光怪陸離

形容色彩斑爛，形狀怪異。

例：上個月他去內地旅行，帶回來一些很有名的，光怪陸離的太湖石。

反 平淡無奇

全力以赴

把全部力量都用上去。

例：只要我們全力以赴，這項緊急任務一定能夠按質按量完成的。

近 盡心竭力

全功盡棄

全部功效都喪失乾淨。

例：你已學了兩年的小提琴，現在不想學了，豈不是全功盡棄了嗎？

近 前功盡棄　　**反** 大功告成

全神貫注

形容精神高度集中。

例：我走進教室的時候，李愛玲她們正全神貫注地在做功課。

近 專心致志

反 神不守舍、心不在焉

再接再厲

比喻一個努力接着一個努力。

例：我們不應就此滿足，應再接再厲，取得更大的成績。

近 更進一竿、精益求精

冰天雪地

形容一片冰雪，非常寒冷。

例：在冰天雪地的北方，駕雪橇滑雪倒是別有一番風味。

近 天寒地凍

匠心獨運

獨創工巧的藝術構思。

例：王師傅匠心獨運，巧妙地把這隻象牙雕刻成一條形神畢肖的游龍。

又 匠心獨造

近 別出心裁、不落窠臼

危如累卵

比喻非常危險的情況。

例：敵軍兵臨城下，這座城危如累卵，破在旦夕。

又 危於累卵

近 岌岌可危　　反 安如磐石

危言聳聽

故意說些話來嚇人。

例：有人危言聳聽，說這幢樓就快坍塌了，我怎麼也不相信。

各有千秋

各有所長的意思。

例：國畫講求意境，油畫着重技巧，兩者各有千秋。

各抒己見

各人充分發表自己的見解。

例：研討會上，大家各抒己見，對新產品的設計提出許多方案。

各奔前程

各人走各人的路。

例：幾位好友久別重逢，當晚歡聚到更深才散，第二天又各奔前程了。

近 勞燕分飛　　反 聚首一堂

同仇敵愾

懷着共同的仇恨，對付共同的敵人。

例：我們大家要同仇敵愾，和侵略者血戰到底。

反 同室操戈

同甘共苦

彼此共患難，同安樂。

例：張警長是一位好長官，經常與下屬同甘共苦。

近 禍福與共

同舟共濟

比喻在患難中團結互助。

例：他們在患難中同舟共濟，自此結成了生死之交。

近 患難與共　　反 同室操戈

同病相憐

遭遇相同的人互相同情。

例：他們倆都是孤兒，彼此同病相憐，互相安慰。

同流合污

跟着壞人一起作壞事。

例：你跟那些不法之徒同流合污，豈不是自毀前程？

近 同惡相求　　反 潔身自好

名不虛傳

流傳的名聲與事實相符合。

例：這個名畫家的畫氣魄大、意境深，果然名不虛傳。

近 名下無虛、名副其實
反 徒有虛名

名正言順

指做事、講話理由正當而充分。

例：衛生督導員檢控你亂拋垃圾，自是名正言順。

近 理所當然

名列前茅

考試成績好，名列前面。

例：她勤奮好學，每次考試都能名列前茅。

近 獨佔鰲頭　　反 名落孫山

名利雙收

既有名聲，又獲利益。

例：這一年，她得到公司的力捧，名利雙收。

近 名成利就

名副其實

名聲與實際相一致。

例：這個廠生產的時裝質量高，款式新，是名副其實的高級產品。

近 名不虛傳
反 名不副實、名存實亡

名落孫山

比喻沒有考上。

例：大哥今年考大學，名落孫山，但他並不灰心，準備明年再考。

近 榜上無名
反 金榜題名、榜上有名

因小失大

因貪小利而造成重大損失。

例：你貪圖省錢，買了不新鮮的魚蝦，倘若吃了害病，豈非因小失大？

原 貪小失大

因噎廢食

比喻偶受挫折就索性不幹。

例：做化學實驗不當心會出事，但是我們不能因噎廢食就不實驗了。

回心轉意

重新考慮，不再固執己見。

例：雖已分居一年，姊姊仍然盼望姊夫回心轉意，挽救這段婚姻。

又 心回意轉　　**反** 固執己見

回頭是岸

只要改過自新就有出路。

例：有謂回頭是岸，即使是罪人，只要肯痛改前非，就仍有生路。

近 迷途知返

反 一意孤行、執迷不悟

多才多藝

具有多種才能技藝。

例：她不僅能歌善舞，還寫得一手好字，真是多才多藝啊！

又 多材多藝　　**反** 碌碌無能

多多益善

越多越好。

例：捐獻公益金的口號是：少少無拘，多多益善。

多此一舉

多餘的、不必要的舉動。

例：雨下得不大，你穿件雨衣就夠了，再打把雨傘豈不是多此一舉麼？

近 畫蛇添足

好好先生

形容一個人性情隨和，不得罪任何人。

例：王師傅是出名的好好先生，對人總是一團和氣。

好高騖遠

脫離實際，追求目前做不到的事情。

例：在學習上應當循序漸進，不能好高騖遠，貪抄捷徑。

反 腳踏實地、踏踏實實

好逸惡勞

貪圖安逸，厭惡勞動。

例：他從小好逸惡勞，如今家道中落，都不知道往後的日子如何過。

近 好吃懶做　　**反** 焚膏繼晷

如日中天

形容事業成就正達頂峯。

例：正當她的歌唱事業如日中天，她突然宣佈退出歌壇。

又 如日方中　　**近** 如日方升

如火如荼

比喻氣勢十分旺盛。

例：春天到了，杜鵑花開得如火如荼，把這個城市點綴得更加美麗。

反 冷冷清清

如出一轍

比喻兩種言論或行動完全一樣。

例：想不到非洲有則童話，跟中國的「狼外婆」如出一轍。

近 毫無二致　　**反** 千差萬別

如坐針氈

比喻內心焦急不安。

例：她的兒子兩天沒回家，她到處打聽不得要領，終日如坐針氈。

近 坐立不安、五內如焚
反 泰然自若

如虎添翼

比喻力量強的人又增添新的助力。

例：有了這些新的武器裝備，警隊如虎添翼，實力更強更壯。

又 如虎傅翼

如法炮製

比喻照樣子做。

例：她依照烹飪書如法炮製，燒出的菜卻也可口。

又 如法泡製
近 依樣葫蘆　　**反** 別出心裁

如狼似虎

極其兇暴殘忍。

例：他被如狼似虎的債主逼得走投無路，只好遠走他鄉。

近 兇神惡煞　　**反** 溫柔敦厚

如意算盤

比喻只從好的一面打算。

例：你少打如意算盤吧，一年的工錢只付十個月，我哪肯與你干休！

反 水火不容、冰炭不容

如獲至寶

好像得到最珍貴的寶物。

例：只不過是一枚很普通的郵票，弟弟卻如獲至寶地珍藏起來。

反 棄如敝屣

如夢初醒

恍然大悟的意思。

例：他的一席話使我如夢初醒，我這才知道事情的真相。

又 如夢方醒、如醉方醒
近 恍然大悟

如雷貫耳

比喻名聲極大。

例：久聞先生大名，如雷貫耳。今日得見，真是三生有幸。

又 如雷灌耳
近 名滿天下　　**反** 默默無聞

如數家珍

比喻對所講的事情十分熟悉。

例：商店售貨員對各種商品非常熟
悉，介紹起來如數家珍。

近 瞭如指掌

如願以償

滿足了自己的願望。

例：經過多年的艱苦訓練，她終於如
願以償地奪得奧運會跳水金牌。

近 得償所願　　反 大失所望

如釋重負

像放下重擔一樣輕鬆愉快。

例：直到考完試，我才如釋重負地鬆
了口氣。

如饑似渴

比喻要求十分迫切。

例：我如饑似渴地把那二十幾頁的長
文，一口氣讀下去。

原 如饑如渴

妄自菲薄

毫無根據地看輕自己。

例：每人都有各自的優點和缺點，妄
自菲薄或妄自尊大都是不對的。

近 自暴自棄

反 妄自尊大、自高自大

守口如瓶

比喻嚴守秘密。

例：關於這件事的真情，他始終守口
如瓶，我們不得而知。

近 三緘其口　　反 衝口而出

守株待兔

喻坐待其成，也指不知變通。

例：校長勉勵畢業同學走向社會，服
務人羣，不作守株待兔之輩。

安分守己

安本分，不作分外的希望。

例：她一向安分守己，決不可能幹這
種壞事的。

近 循規蹈矩　　反 胡作妄為

安步當車

慢慢地走，當作坐車。

例：既然公園離此地不遠，我們可以
安步當車，走着去嘛！

安居樂業

形容人們生活安定美滿。

例：這些年來天下太平，風調雨順，
老百姓都安居樂業。

反 顛沛流離、民不聊生

安然無恙

很平安，沒有受到損害。

例：那孩子從二樓窗口失足跌落地下，竟然安然無恙，真是奇蹟！

近 平安無事　　反 凶多吉少

忙裏偷閒

在忙碌中抽出空閒。

例：劉先生忙裏偷閒，和家人一起外出旅遊了幾天。

扣人心弦

形容事物感動人心。

例：這個故事扣人心弦，大家都聽得津津有味。

近 動人心魄

反 平淡無奇、淡而無味

曲高和寡

格調高，不夠通俗。

例：這確實是部好電影，只是曲高和寡，不合一般市民的胃口。

近 陽春白雪　　反 下里巴人

曲意逢迎

想盡辦法奉承迎合別人。

例：他對新來的上司曲意逢迎，誰知這次卻碰了一鼻子灰。

近 阿諛逢迎、脅肩諂笑

反 剛正不阿

有口皆碑

比喻到處為人所稱頌。

例：新省長上任不到一年，政績已是有口皆碑。

近 口碑載道、交口稱譽

反 怨聲載道

有目共睹

人人都能看見。

例：中國健兒在這一屆奧運會上的優異表現，全世界有目共睹。

近 人人皆知

有名無實

只有空名，沒有實際。

例：所謂「國寶展覽會」，有名無實，展出的只是一般古董而已。

近 徒有虛名　　反 名副其實

有志竟成

有志氣的人最後一定成功。

例：哥哥勤學苦練，果然有志竟成，成為全港有名的畫家。

有恃無恐

有了倚靠就毫無恐懼。

例：他父親是個高官，所以他有恃無恐，常常欺侮別人。

有勇無謀

僅有勇氣而沒有計謀。

例：有勇無謀，一味蠻幹，往往徒勞
無功。

反 智勇雙全

有案可稽

有證據可查。

例：這些侵略者在中國到處搶殺，欠
下了累累血債，這是有案可稽
的。

近 真憑實據　　反 荒誕無稽

有氣無力

形容說話沒有精神的樣子。

例：看她說話有氣無力的樣子，我猜
想她一定是病了。

又 有氣沒力　　近 精疲力竭

有眼無珠

比喻沒有辨別好壞的能力。

例：你真是有眼無珠，輕信了這種壞
人。

有備無患

事先作準備，就可避免災禍。

例：你要去露營的話，別忘了帶上驅
蚊劑，有備無患嘛！

近 未雨綢繆

有機可乘

有空子可鑽。

例：匪徒見有機可乘，連忙下手，誰
知正好陷入警方的羅網。

又 有隙可乘

近 乘虛而入　　反 無懈可擊

有頭無尾

指做事不能堅持到底。

例：他老是做事草率，有頭無尾，自
然要被上司訓斥了。

近 虎頭蛇尾

反 有頭有尾、有始有終

死不足惜

死了也不值得可惜。

例：他平時作惡多端，真是死不足惜
呢！

近 死有餘辜

死心塌地

形容主意已定，決不改變。

例：他待你不好，你為什麼還死心塌
地地跟着他？

近 一心一意

死灰復燃

比喻已消失的惡勢力重新活動
起來。

例：最近，這一個區的販毒活動又有
死灰復燃的趨勢。

近 東山再起、捲土重來、一蹶不振

汗牛充棟

形容圖書很多。

例：林老先生是個藏書家，他的藏書可稱是汗牛充棟。

汗馬功勞

在戰場上建立戰功，也泛指立下功勞。

例：他從軍幾十年，立下了不少汗馬功勞。

近 功標青史　　反 功薄蟬翼

汗流浹背

汗流得滿背都是。

例：他在烈日下跑步，不一會就跑得汗流浹背。

近 滿頭大汗

江河日下

比喻日漸衰敗的意思。

例：由於經濟不景氣，這家公司的生意如江河日下，一蹶不振。

近 一落千丈　　反 蒸蒸日上

成人之美

成全別人的好事。

例：撮合姻緣這種成人之美的大好事，張太太最是樂意做的。

反 成人之惡

成家立業

指建立家庭，有職業，能獨立生活。

例：他遠離故國十多年，已在海外成家立業，有所建樹。

成羣結隊

結成一羣一伙。

例：夏天一到，人們經常成羣結隊地到海邊去游泳。

反 單槍匹馬

百孔千瘡

比喻損壞或毛病極多。

例：這座村屋年久失修，百孔千瘡，破爛得不像樣子。

又 千瘡百孔　　近 滿目瘡痍

百折不撓

受到任何挫折都不屈服。

例：要有所創造發明，就必須具備百折不撓的精神。

又 百折不回
近 堅毅不拔、不屈不撓

百依百順

形容一味順從。

例：無論獨生女提出什麼要求，這對老年夫婦總是百依百順。

又 百依百隨　　近 言聽計從

百思不解

經過反覆思考，仍不理解。

例： 最令我百思不解的是，這種意識
不良的漫畫書，他還一讀再讀。

近 大惑不解　　反 恍然大悟

百無聊賴

精神無所寄託，感到非常無聊。

例： 他失學在家，天天面對電視機，
實在感到百無聊賴。

百感交集

許多不同的感觸交織在一起。

例： 見到失散幾十年的大姊，徐先生
百感交集，老淚縱橫。

百戰百勝

形容極其善戰，所向無敵。

例： 這支軍隊的將士同仇敵愾，勇敢
善戰，所以能夠百戰百勝。

近 戰無不勝　　反 一敗塗地

羊腸小道

形容狹窄彎曲的小路。

例： 山後面有一條羊腸小道，彎彎曲
曲地通向那座廟宇。

反 康莊大道

老生常談

比喻人人聽慣、聽厭的話。

例： 郭先生的演講說的都是一些老生
常談，自然引不起聽眾的興趣。

近 陳腔濫調

老奸巨猾

非常奸險狡猾的人。

例： 這個老奸巨猾的匪首，用普通的
辦法是無法將他擒拿的。

反 天真爛漫

老馬識途

比喻有經驗的人對事情較熟悉。

例： 方大哥，您是老馬識途，凡事請
多給我們指點指點。

近 識途老馬　　反 初出茅廬

老羞成怒

羞慚到極點而發怒。

例： 他受到大家的指責之後，竟然老
羞成怒，動起武來。

又 惱羞成怒

老氣橫秋

形容老練而自負的樣子。

例： 公司那新來的年青人總是擺出一
副老氣橫秋的樣子，惹人反感。

反 朝氣蓬勃

老當益壯

年紀越老，志氣越壯。

例：他六十多歲了，還報名參加長跑比賽，大家都讚他老當益壯。

反 未老先衰

老謀深算

形容辦事幹練，計劃周密。

例：他事理通達，老謀深算，凡事不會輕率決定，所以很少會失敗。

反 心無城府

耳目一新

形容情況改變得大。

例：家鄉的變化很大，我一踏進村子，就感到耳目一新。

近 面目一新　　反 依然如故

耳聞目睹

親耳聽到，親眼看到。

例：這回我遊覽了歐洲的好幾個大城市，耳聞目睹的事可真不少。

近 所見所聞

耳濡目染

經常聽到看到，自然受到影響。

例：他出身音樂世家，從小耳濡目染，受到很好的音樂薰陶。

近 薰陶成性

自由自在

不受拘束，安閒舒適。

例：學校終於放暑假了，現在我們可以自由自在地玩一陣子了。

近 無拘無束　　反 身不由主

自投羅網

自己走入對手設下的圈套。

例：那些歹徒不知警方已設下埋伏，個個自投羅網，束手就擒。

自告奮勇

自動請求擔當較難的任務。

例：聽說少年游泳班缺教練，他自告奮勇地去承擔。

反 臨陣退縮

自作自受

自討苦吃的意思。

例：這件事完全是你自作自受，怪不得任何人。

近 自食其果、咎由自取

自私自利

私心很重，只考慮個人利益。

例：她確實有點自私自利，但我們要是嫌棄她，怎能幫她改正？

近 損人利己
反 大公無私、公而忘私

自知之明

對自己有正確估價。

例：這個人竟然在教授面前賣弄才華，真的是太沒有自知之明了。

反 妄自尊大

自命不凡

自以為了不起。

例：他當上了公司經理後，便自命不凡，老是板起臉教訓人。

近 自高自大　　反 自慚形穢

自取滅亡

所作所為把自己引上絕路。

例：我軍壁壘森嚴，敵軍膽敢來犯，必將自取滅亡。

近 自掘坟墓

自相矛盾

比喻一個人的言行前後互相抵觸。

例：這篇文章裏的論點自相矛盾，哪裏有什麼說服力呢？

近 言行不一

自怨自艾

悔恨自己的過錯。

例：這件事大家都有責任，你不用這樣自怨自艾。

自高自大

自以為了不起，瞧不起別人。

例：他品學兼優，但很謙虛，從不自高自大。

近 自命不凡

反 自慚形穢、妄自菲薄

自欺欺人

既欺騙自己，也欺騙別人。

例：你沒有學過德語，卻偏說自己懂德語，那不是自欺欺人嗎？

又 欺人自欺

自圓其說

把自己的觀點講周全，使其沒有漏洞。

例：你的話前後矛盾，恐怕難以自圓其說吧！

反 自相矛盾

自暴自棄

指甘居下游，不求上進。

例：你不要因為學習成績不好而自暴自棄，應該更加奮發努力才是。

近 自怨自艾

反 奮發有為、自強不息

至死不悟

到了死的時候還不覺悟。

例：他沉迷於杯中物，得了絕症還不願戒酒，真是至死不悟啊！

近 執迷不悟　　反 洗心革面

至理名言

最正確、最有價值的話。

例：這本人物傳記裏有好多至理名言，讀後很能發人深省。

㊎ 金言玉語　　㊫ 不經之談

舌劍唇槍

形容辯論時言辭犀利，針鋒相對。

例：辯論會上，雙方經過一番舌劍唇槍，形勢漸漸明朗。

㊫ 唇槍舌劍

色厲內荏

外貌剛強，內心怯懦。

例：別看他氣勢洶洶，其實色厲內荏，我們不用怕他！

血口噴人

用惡毒的話誣枉他人。

例：這事完全與我無關，你別血口噴人！

㊎ 惡語中傷

行之有效

實行某一方法很有成效。

例：經驗證明，背誦是學習古詩文行之有效的好方法。

衣冠禽獸

比喻行為像禽獸一樣的人。

例：連這種不顧廉恥的事你都做得出，簡直是衣冠禽獸。

㊎ 人面獸心

衣冠楚楚

穿戴得整齊、漂亮。

例：事後我們才知道，宴會上那些衣冠楚楚的賓客，都是警員假扮的。

㊫ 不修邊幅、衣衫襤褸

衣錦榮歸

富貴之後返回故鄉。

例：他從前在鄉下窮得一文不名，如今衣錦榮歸，可以吐氣揚眉了。

㊫ 衣錦還鄉

【七畫】

低首下心

屈服於權威，低聲下氣。

例：他怕被老闆解僱，只有低首下心地幹活，不敢怠惰。

㊎ 低聲下氣

㊫ 趾高氣揚、高視闊步

何去何從

指在重大問題上的抉擇。

例：畢業之後何去何從，是升學還是
就業至今我還是舉棋不定。

佛口蛇心

比喻嘴上說得好聽，心地極其
狠毒。

例：他這個人佛口蛇心，早就存心要
把你往火坑裏推呢！

近 人面獸心、口蜜腹劍

作繭自縛

比喻自己使自己陷於困境。

例：他老是與人作對，結果反而作繭
自縛，大家都不理他了。

近 作法自斃、自作自受

作威作福

指濫用權勢，橫行霸道。

例：身居高位，濫用職權作威作福的
官員，民眾是不歡迎的。

近 橫行無忌

克勤克儉

既能勤勞，又能節儉。

例：他的收入不多，但一向克勤克儉，
吃用之外還有些儲蓄。

近 艱苦樸素　　**反** 揮霍無度

兵荒馬亂

形容戰時的混亂狀態。

例：他們一家人在兵荒馬亂的年代失
散了，至今還不知女兒的下落。

反 天下太平

冷嘲熱諷

尖刻辛辣的嘲笑和諷刺。

例：他功課不好，我們不應對他冷嘲
熱諷，而應該耐心幫助他。

近 冷言冷語　　**反** 噓寒問暖

利令智昏

為貪圖某種利益而喪失理智。

例：他們眼裏只有錢，結果利令智
昏，居然幹起販毒的勾當來。

近 利欲熏心、見利忘義

初出茅廬

比喻初入社會，缺乏經驗。

例：你雖然大學畢業，但初出茅廬欠
缺經驗，要多向老同事學習。

近 初生之犢　　**反** 久經世故

刪繁就簡

刪除繁雜內容，使之簡明。

例：限於篇幅，本書的解釋和舉例都
只能刪繁就簡。

反 連篇累牘

判若兩人

形容一個人改變很大，就像變成另一個人。

例：李小明化完妝，變成了老翁，前後判若兩人。

反 依然如故

別出心裁

想出與眾不同的新主意。

例：經過他一番別出心裁的佈置，客廳顯得更加寬敞和大方。

近 獨出心裁、匠心獨運

反 依法炮製

別開生面

別創新的局面、格式。

例：他們用中式樂器演奏西方樂曲，真是別開生面，令人耳目一新。

近 獨創一格　　反 因循守舊

助人為樂

把幫助別人作為樂事。

例：如果大家都能發揚「助人為樂」的精神，這個世界一定會美好得多。

含血噴人

喻捏造事實，誣賴好人。

例：你怎麼可以含血噴人，把自家幹的壞事倒栽到我頭上來呢？

含沙射影

比喻暗中攻擊或陷害人。

例：看了某報對他含沙射影的惡意攻擊，那位議員只是一笑置之。

近 指桑罵槐

含情脈脈

默默地用眼神傳情。

例：表姊一言不發，只是含情脈脈地看着她的男朋友。

反 脈脈含情

含糊其辭

故意把話說得含糊不清。

例：老師問他為什麼常常曠課，他始終含糊其辭，不肯正面回答。

近 支吾其辭

吹毛求疵

有意挑剔別人的小缺點。

例：同學之間，應該互相謙讓，不要在細小問題上吹毛求疵。

呆如木雞

形容吃驚發楞。

例：那些頑匪得知他們的匪首也已落網，當即呆如木雞。

反 矯若游龍

囤積居奇

把商品囤積起來，等待高價出賣。

例：富商囤積居奇，任意哄抬物價，
吃虧的總是消費者。

圇圇吞棗

喻不分析思考就接受。

例：學什麼知識都要深入思考，求得
徹底瞭解，決不能圇圇吞棗。

反 着意推敲

坎坷不平

指道路不平坦，引伸為前進的
道路上有很多困難。

例：這條路坎坷不平，所以車子顛簸
得厲害。

近 荊棘塞途

坐井觀天

比喻見識少，眼界狹小。

例：雖然他的見識少，但是你也不應
該老是以「坐井觀天」譏刺他。

近 井蛙之見、管中窺豹

反 見聞廣博

坐立不安

形容憂懼或心神煩躁。

例：錄取名單快公佈了，他整天坐立
不安，心裏很緊張。

近 寢食不安　　**反** 泰然自若

坐失良機

白白地失去一次大好機會。

例：這一次，我們一定要千方百計爭取
到主辦權，再也不能坐失良機。

坐吃山空

只吃不做，山一般的財產也會
吃光。

例：你的積蓄不多，若不去工作，就
會坐吃山空。

図 坐吃山崩

坐言起行

說了就做。

例：與其空口指責，不如大家坐言起
行，都來替學生們做點有益的
事。

坐享其成

不出力而享受別人的勞動成果。

例：家裏的事我們大家都分擔着做，
沒有人願意坐享其成。

近 不勞而獲

坐視不救

別人有危難，在一旁看而不加
以援助。

例：你是他的好朋友，他有了困難，
你就不應該坐視不救。

近 作壁上觀、袖手旁觀

反 捨己救人

壯志凌雲

形容理想宏遠偉大。

例： 在逆境中他並不消沉，而依然壯志凌雲，奮鬥不息。

㊕ 凌雲壯志、雄心壯志

妙手回春

稱讚醫生的醫術能起死回生。

例： 診所大堂掛滿了寫着諸如「妙手回春」、「華佗再世」的匾額。

㊕ 起死回生

妙語如珠

形容佳妙的話語很多。

例： 兩位司儀都是喜劇演員出身，妙語如珠，引起台下陣陣哄笑。

㊕ 妙語解頤

妙趣橫生

形容話語等洋溢着美妙的風趣。

例： 這部喜劇片妙趣橫生，笑料又不至太過低俗。

㊡ 平淡無奇

孜孜不倦

勤勤懇懇，不知疲勞。

例： 他雖已年邁，每天還孜孜不倦地學習英文。

㊕ 鍥而不捨　　㊡ 好逸惡勞

妖言惑眾

以邪說迷惑羣眾。

例： 這些江湖術士妖言惑眾，目的無非都是為了詐財。

岌岌可危

形容非常危險。

例： 屋裏滿是火，情況岌岌可危，他裹着一條濕毯子，才衝出了屋子。

㊕ 危如累卵

㊡ 轉危為安、安如泰山

弄巧成拙

原想賣弄聰明，反而做了蠢事。

例： 我原想和父親開開玩笑，結果弄巧成拙，反被訓了一頓。

㊕ 畫蛇添足

弄假成真

本想假做，竟成真事。

例： 他倆起先在鬧着玩，誰知後來弄假成真，吵了起來。

㊕ 戲假情真

忍俊不禁

忍不住要發笑。

例： 看到這個五歲的小孩裝出一副大人相，真令人忍俊不禁。

㊡ 怒不可遏

忍氣吞聲

有顧忌，受到欺侮也不敢反抗。

例：他因為寄人籬下，萬事只好忍氣吞聲了。

反 不平則鳴

忍無可忍

再也忍受不下去了。

例：由於老闆長期拖欠工資，工人終於忍無可忍，這才鬧出這次工潮。

志同道合

雙方志願相同，信仰相合。

例：他們是一對志同道合的好朋友，做什麼事都齊心協力。

反 道合志同　　**近** 志趣相投

忘年之交

年齡不相當的人，結交為好朋友。

例：小華和王老伯都愛下棋，他們結為忘年之交，常在一起對弈。

戒驕戒躁

警惕自己產生驕傲、急躁的情緒。

例：班主任勉勵我們要戒驕戒躁，永遠保持謙虛進取的精神。

反 驕傲自滿

我行我素

不管人家議論，仍按自己平素的做法行事。

例：她生性不羈，我行我素，從不理會旁人如何看她。

扶老攜幼

形容民眾全體出動。

例：賽龍舟的那天，好多人都扶老攜幼，出來觀看。

近 攜兒帶女

抑揚頓挫

形容音調的和諧、優美、有節奏。

例：那人朗誦詩詞，語調抑揚頓挫，十分動聽。

反 平淡無奇

投井下石

比喻乘人危難之時去打擊他。

例：她病了，你還氣她，不是投井下石麼？

反 落井下石、下井投石

投其所好

迎合別人心中的愛好。

例：相命先生見他愛吹牛，便投其所好，讚他命好，注定大富大貴。

近 刻意逢迎

73

投鼠忌器

想打擊對方，又有所顧忌。

例：警員因為投鼠忌器，怕傷害市民，
不敢向混在人羣中的匪徒開槍。

反 無所顧忌、肆無忌憚

投機取巧

指不付出艱苦勞動，靠小聰明
達到目的。

例：靠投機取巧，是學不到真正的學
問的。

反 腳踏實地

改邪歸正

改正錯誤，回到正路上來。

例：那孩子雖然誤入歧途，但只要今
後能改邪歸正，還是有出息的。

近 改過自新　　**反** 執迷不悟

改弦易轍

比喻變更方法或態度。

例：他明白這樣下去會虧盡本錢，便
改弦易轍，經營別的買賣。

近 改弦更張　　**反** 矢志不渝

改頭換面

比喻只換形式，不變內容。

例：有些商人往往把滯銷貨改頭換
面，貼上新商標，就當新產品推
出。

杜門謝客

謝絕賓客。

例：陳先生病了，陳太太杜門謝客，
好讓他靜心休養。

反 倒屣相迎

杞人憂天

比喻不必要的憂慮。

例：如此堅固的大樓，你都害怕會被
風颳倒，簡直是杞人憂天了。

反 樂以忘憂

束之高閣

比喻擱在一邊不用。

例：他考入大學後，因為功課太忙，
只好把心愛的小提琴束之高閣。

反 付諸實行

束手無策

找不到絲毫解決的辦法。

例：什麼重活髒活我都幹得來，可是
要我照看嬰孩，我真是束手無策。

近 手足無措　　**反** 胸有成竹

束手待斃

無計可行，只有等死。

例：敵人已兵臨城下，不抵抗就只能
是束手待斃。

近 坐以待斃　　**反** 死裏求生

步人後塵

比喻追隨、模仿別人，不去創新。

例：學畫畫不能一味地步人後塵，要敢於創新。

近 亦步亦趨　　反 不斷創新

每況愈下

形容情況愈來愈糟。

例：自從學生會改組之後，會務每況愈下。

原 每下愈況

近 江河日下　　反 蒸蒸日上

求之不得

形容迫切希望得到。

例：你要把那雙舊的溜冰鞋送給我，我正求之不得呢！

求全責備

對人對事要求十全十美。

例：他已經盡了最大的努力，你不要對他這麼求全責備了。

図 責備求全

沁人心脾

形容非常爽快舒適。

例：窗前的水仙花飄來陣陣幽香，沁人心脾。

近 令人心醉　　反 令人作嘔

沉吟不決

心中遲疑，難以決斷。

例：他聽了幾個人的不同建議，沉吟不決。

近 猶豫不決　　反 斬釘截鐵

沉冤莫白

長期得不到伸雪的冤案。

例：她被人誣害，沉冤莫白，至死也不肯瞑目。

図 含冤莫白　　反 沉冤得雪

沉默寡言

很少說話。

例：沉默寡言的人是不適合做商品推銷員的。

近 沉靜寡言

反 喋喋不休、口若懸河

沒沒無聞

沒有名聲，不為人知。

例：李豐進入娛樂圈十幾年，至今仍然沒沒無聞。

近 寂寂無聞、籍籍無名

反 大名鼎鼎

沒精打采

形容精神不振作。

例：他因為考試不及格，整天沒精打采，連飯也不想吃了。

図 無精打采

近 垂頭喪氣　　反 神采奕奕

肝腸寸斷

形容極度傷心。

例： 丈夫在車禍中喪生的消息，令她
肝腸寸斷，痛不欲生。

近 悲痛欲絕、心如刀割

肝膽相照

真心相見，含有忠誠爽直的意思。

例： 你是我肝膽相照的知心摯友，難
道對你還有所隱瞞嗎？

近 推心置腹　　反 爾虞我詐

良莠不齊

比喻好的壞的都有。

例： 一個班級的學生總是良莠不齊，
做老師的就應該因材施教才是。

近 龍蛇混雜、薰蕕同器

良藥苦口

比喻尖銳的批評聽了不舒服，
但有益。

例： 他的話是重了些，但良藥苦口，
他是為你好。

近 忠言逆耳

芒刺在背

比喻有所憂懼而坐立不安。

例： 老師的批評雖不指名，但犯錯的
同學已如芒刺在背，坐立不安
了。

近 坐立不安、如坐針氈

見仁見智

各人見解不同的意思。

例： 學文科好還是學理科好，這是個
見仁見智的問題。

原 仁者見仁
近 智者見智　　反 異口同聲

見死不救

看見人家有急難而不去救援。

例： 既然看到路邊有人躺在血泊中，
我們當然不能見死不救。

近 坐視不救　　反 助人為樂

見異思遷

意志不堅定，喜愛不專一。

例： 他鋼琴沒學會，見異思遷，又改
學提琴，結果一樣也學不成。

近 喜新厭舊　　反 矢志不移

見義勇為

見到正義的事就勇敢去做。

例： 他奮不顧身地救了溺水的孩子，
這種見義勇為的精神令人感動。

近 當仁不讓　　反 見利忘義

見微知著

見點苗頭就知將來的發展。

例： 瓦特從蒸汽向上冒掀動壺蓋的現
象，見微知著，終於發明了蒸汽
機。

近 葉落知秋

見機行事

看情況辦事。

例：今晚的行動目的只是偵察，各位要見機行事，切勿打草驚蛇。

近 隨機應變、通權達變

言不由衷

指説的不是心裏話。

例：我當時那樣説，礙於情勢，實是言不由衷，你千萬不要見怪。

近 口不應心　　反 肺腑之言

言外之意

指本意沒有明説出來。

例：她一直説自己身體不好，言外之意，就是不願參加我們的活動。

近 弦外之音

言傳身教

既以言教又以自己行動作榜樣。

例：趙師傅敬業樂業，帶徒弟言傳身教，深受同行人士的敬重。

近 以身作則

言簡意賅

言語簡練而意思概括。

例：這篇文章言簡意賅、深入淺出，很值得一讀。

近 一語破的
反 長篇大論、連篇累牘

言過其實

説話誇張，與事實不符。

例：她不過反應慢些，你説她笨透了，這未免言過其實了吧！

反 恰如其分

言歸於好

指重新和好。

例：我和他雖然吵過，但不久就言歸於好了。

近 重修舊好、握手言和

赤手空拳

兩手空空，一無所有。

例：他赤手空拳，竟然用計制服了兩個荷槍的敵人，真是了不起！

近 手無寸鐵　　反 披堅執鋭

赤貧如洗

彷彿洗過似的一無所有。

例：當年父親失業，母親生病住院，家中赤貧如洗。

近 家徒四壁　　反 金玉滿堂

走火入魔

形容過分沉溺於某事以致心智受到摧殘。

例：他對神佛的迷信已經到了走火入魔的地步。

反 適可而止

走投無路

無路可走，已到絕境。

例：警察從四周包圍逼近，那劫匪走投無路，終於束手就擒。

⓿ 左右逢源

走馬看花

比喻匆忙，沒仔細觀察。

例：昨天我去看展覽會，沒時間細看，只是走馬看花地兜了一圈。

⓿ 走馬觀花

足不出戶

腳不跨出家門。

例：外婆年紀大了，雖然足不出戶，但在家看電視，也知外間事。

㊄ 株守家園　　⓿ 萍蹤浪跡

足智多謀

智慧豐富。

例：你們還是去找我哥商量吧！他足智多謀，定會出些好主意。

㊄ 多謀善斷　　⓿ 愚昧無知

身不由己

由不得自己作主。

例：他什麼都得聽經理的，身不由己，你千萬別怪罪他。

㊄ 不由自主　　⓿ 自由自在

身敗名裂

喪失了身家名譽。

例：他沉緬於酒色中，不僅耗盡了家產，而且搞得身敗名裂。

㊄ 聲名狼藉　　⓿ 功成名就

身強力壯

形容身體很健壯。

例：那些小伙子身強力壯，就叫他們來幫忙搬東西吧！

㊄ 氣壯如牛　　⓿ 弱不禁風

身體力行

親身體驗，努力去做。

例：母親從小教我們要克勤克儉，而且她身體力行，從不亂花一塊錢。

⓿ 言行不一

車水馬龍

形容車輛往來眾多的意思。

例：這是個熱鬧的市區，整天車水馬龍，川流不息。

迀迴曲折

彎彎曲曲，繞來繞去。

例：這個長廊迀迴曲折，一直通往屋後的花園。

⓿ 直截了當

形形色色

各色各樣。

例：公司裏面職工眾多，形形色色，
難免良莠不齊。

近 各色各樣

形影不離

形容彼此關係親密，如影之隨形。

例：小娟和小蓮整天形影不離，左鄰
右舍都笑她們像孿生姐妹。

近 出雙入對

防不勝防

敵害太多，防備不過來。

例：近年來，盜賊多如牛毛，令人防
不勝防。

防患未然

在事故發生之前就加以防止。

例：時近歲晚，罪案日多，我們要加
強大廈護衞，防患未然。

反 亡羊補牢

【八畫】

並駕齊驅

比喻並肩前進，不分高下。

例：經過刻苦努力，現在我的學習成
績已和班上的優秀生並駕齊驅了。

近 齊頭並進

事不宜遲

事情要抓緊時間辦理，不宜拖延。

例：事不宜遲，我們要趕在天黑之前
離開這個峽谷。

近 迫不及待、刻不容緩

事半功倍

形容費力小而收效大。

例：這件事請陳玲玲去向校長說項，
一定事半功倍。

反 事倍功半

事在人為

事情是靠人去做的。

例：事在人為，只要你好好幹，一定
可以做出一番事業來的。

反 成事在天

事倍功半

形容工作效率低，費力大，收
穫小。

例：做事不講究方法，再努力也只能
是事倍功半，收效極微。

反 事半功倍

事過境遷

事情過去了，環境也改變了。

例：三年前他不辭而別，我很傷心；
如今事過境遷，我也淡忘了。

又 時過境遷　近 時移事易

事與願違

事實與願望相反。

例：我本想約小文一起去游水，不料事與願違，她剛巧出遠門去了。

反 事事如意

依依不捨

捨不得離開。

例：畢業典禮那天，同學們想到就要離別，一個個都感到依依不捨。

近 戀戀不捨

依然如故

依舊和過去一樣。

例：二十年後他重返家鄉，發現家鄉的山水和農舍依然如故。

反 日新月異

兩全其美

做事圓滿地顧及兩方面。

例：陳君資金充足，張君頭腦靈活，撮合他們做生意，正是兩全其美。

近 兩者兼顧　　反 顧此失彼

兩相情願

雙方都願意。

例：買賣是兩相情願的事，怎麼能說是人家強迫你買的呢？

又 兩廂情願　　反 一廂情願

兩袖清風

比喻做官公正廉潔。

例：老百姓至今仍懷念第一任省長，他在任十年，離職時仍是兩袖清風。

反 貪賄無藝

兔死狐悲

比喻為同類的不幸而悲戚。

例：那些流氓看到同伙被打死了，不免兔死狐悲，一個個哭喪着臉。

近 物傷其類

刮目相看

改變舊看法，用新眼光看人。

例：想不到這一年來他的進步如此神速，真該刮目相看了。

又 刮目相待

刻不容緩

片刻也不容耽擱。

例：這個案件人命攸關，要立即處理，刻不容緩。

近 急如星火　　反 從容不迫

刻骨銘心

比喻感恩極深，永遠不忘。

例：對於與小真的一段友情，大哥始終刻骨銘心，永難忘懷。

又 銘心刻骨

近 鏤骨銘心　　反 忘恩負義

卑鄙無恥

品行惡劣，不知廉恥。

例： 想不到他這麼卑鄙無恥，借了錢不還，反誣告我向他勒索。

反 高風亮節

取長補短

拿這個的長處來補那個的短處。

例： 你們姊弟倆各有優缺點，要是能互相取長補短就好了。

受寵若驚

受到過分的寵愛，感到又驚又喜。

例： 校長如此稱讚我，未免使我有點受寵若驚。

原 被寵若驚　　**反** 寵辱不驚

周而復始

指去而復來，循環不斷。

例： 世間的事就有如日出日落，寒來暑往這麼周而復始的。

近 循環往復

味如嚼蠟

形容說的話或做的文章枯燥無味。

例： 閱讀這種廢話連篇的文章，簡直味如嚼蠟。

又 味同嚼蠟

近 索然無味　　**反** 津津有味

咄咄怪事

形容令人驚訝的怪事。

例： 執法者知法犯法，法庭審理又不了了之，這豈非咄咄怪事？

咄咄逼人

形容氣勢洶洶的樣子。

例： 有話好好說，不要咄咄逼人，令人生畏。

近 盛氣凌人、氣勢洶洶

和顏悅色

形容態度十分和氣。

例： 她待人總是和顏悅色，從來不生氣，大家都喜歡親近她。

近 和藹可親　　**反** 兇相畢露

夜不閉戶

形容社會治安良好。

例： 所謂路不拾遺、夜不閉戶的美好社會，在歷史上實際未曾有過。

近 路不拾遺

夜長夢多

比喻時間拖久了，事情可能發生變化。

例： 要辦的事情馬上辦，免得夜長夢多，出問題。

夜郎自大

比喻妄自尊大。

例：一個小小的機構，自以為在同行
裏舉足輕重，真的是夜郎自大。

🔵 妄自尊大

夜闌人靜

夜已深，人已靜。

例：已經是夜闌人靜了，他還在燈下
用功。

🔵 夜深人靜、更深夜靜

奄奄一息

離死只差一口氣。

例：等到眾人把他從水裏救起來，他
已經奄奄一息了。

🔵 氣息奄奄、危在旦夕

🔴 生龍活虎

奔走相告

指把重要的消息迅速傳告。

例：馬戲團來到了村裏，村裏的孩子
們都欣喜若狂，奔走相告。

姍姍來遲

慢騰騰地來晚了。

例：你怎麼姍姍來遲，讓大家等得發
急。

🔴 捷足先登

姑息養奸

過分寬容而助長壞人壞事。

例：對壞人採取姑息養奸的態度，就
等於慫恿他們繼續幹壞事。

🔵 養癰遺患

委曲求全

勉強遷就，以求成全。

例：他辦事很講原則，對的一定要堅
持到底，決不委曲求全。

委靡不振

沒精打采，精神不振作。

例：你怎麼精神如此委靡不振，是不
是生病了？

☒ 萎靡不振　　🔴 生氣勃勃

孤注一擲

比喻使出全部力量，作最後一
次冒險。

例：他把所有財產孤注一擲炒樓，結
果全部蝕光。

孤芳自賞

比喻自命清高或自命不凡。

例：因為他老是孤芳自賞，很少有人
願意與他交朋友。

🔵 自命清高、自命不凡

🔴 自慚形穢

孤苦伶仃

孤獨困苦，無依無靠。

例：他十六歲便失去了雙親，一直過
着孤苦伶仃的生活。

図 伶仃孤苦

近 形影相吊、形單影隻

孤掌難鳴

比喻一個人力量小，難於成事。

例：所謂孤掌難鳴，要不是大家幫助，
我一個人如何辦得成事？

近 單絲不線、一木難支

反 眾擎易舉

居心叵測

存心險惡，不可推測。

例：他這人詭計多端，居心叵測，與
他共事，須多加提防才好。

反 光明正大

居高臨下

佔據高處，俯臨低處。

例：敵軍在山頭紮營，居高臨下，我
軍處於不利的地位。

近 高屋建瓴

屈指可數

形容數目很少。

例：別看他長得瘦小，他可是我校屈
指可數的足球健將呢！

近 寥若晨星

反 不可勝數、不勝枚舉

幸災樂禍

別人有了災禍反而高興。

例：別人有了困難，我們應該給予幫
助，不應該幸災樂禍。

反 扶危濟困

弦外之音

比喻言外之意。

例：你聽不出他這番話的弦外之音
嗎？他對某位管理人員有不滿。

近 言外之意

忠心耿耿

形容非常忠誠。

例：關羽對劉備忠心耿耿，曹操用高
官厚祿籠絡他，他也不為所動。

反 包藏禍心、心懷叵測

忠言逆耳

好話不中聽的意思。

例：古人云：忠言逆耳。如果把忠言
說得順耳些，豈不更好？

近 苦口婆心、良藥苦口

反 口蜜腹劍

快快不樂

心中鬱悶，很不快活。

例：怪不得看你成天快快不樂，原來
是想家了。

近 鬱鬱寡歡

反 眉開眼笑、心花怒放

怙惡不悛

一貫作惡，不肯悔改。

例：這個怙惡不悛的匪徒終於受到法
律制裁，老百姓無不拍手稱快。

近 死不敢悔　　**反** 痛改前非

怡然自得

安適愉快，自覺得意。

例：看到弟弟那副怡然自得的樣子，
我就知道他一定是考到了好成績。

近 心曠神怡

反 心慌意亂、心神不寧

怵目驚心

看到某種慘狀而震驚。

例：看到那樁人壓死人慘劇的新聞報
道，大家都感到怵目驚心。

近 驚心動魄、觸目驚心

所向披靡

比喻力量達到之處，一切阻礙
全被掃除。

例：這支軍隊勇敢善戰，所向披靡，
無往不勝。

近 所向無敵

反 潰不成軍、不堪一擊

抱頭鼠竄

形容人狼狼逃跑的樣子。

例：那些非法聚賭的人，一聽說警察
巡查，立即抱頭鼠竄。

披肝瀝膽

比喻以真誠待人。

例：他倆初交已成知己，披肝瀝膽，
談得十分投機。

近 肝膽相照、推心置腹

反 爾虞我詐

披星戴月

形容早出晚歸或徹夜奔波。

例：這幾個星期披星戴月的風塵奔
波，已經使得他筋疲力盡了。

原 戴月披星

近 奔波勞碌、起早摸黑

披荊斬棘

斬除荊棘，開闢前路。

例：沒有先輩的披荊斬棘，艱苦創業，
就沒有今日的「東方之珠」。

近 排除萬難

拂袖而去

表示動了氣，不願再停留下去。

例：鄭先生見主人有意冷落他，便拂
袖而去。

又 拂衣而去

近 揚長而去、不歡而散

拍案叫絕

形容非常讚賞。

例：這部推理小說的情節安排得十分
曲折巧妙，令人拍案叫絕。

近 嘆為觀止　　**反** 嗤之以鼻

拔苗助長

比喻不顧事物發展規律而弄巧成拙。

例：不要教小孩太多的東西，否則拔苗助長，反而壞事。

原 揠苗助長

近 急於求成　　反 按部就班

拖泥帶水

比喻辦事、說話不乾脆。

例：他為人爽快，做事乾脆，從不拖泥帶水。

反 乾淨利落

招搖撞騙

假借他人名望、聲勢，四處行騙。

例：這個自稱能知過去未來的江湖術士，到處招搖撞騙。

拋頭露面

泛稱人在公開場合露面。

例：古時候，婦女在大庭廣眾之下拋頭露面，被認為是件羞恥的事。

近 出頭露面

放虎歸山

比喻放走敵人，留下後患。

例：放走了那個歹徒，豈不是等於放虎歸山，讓他重新作惡嗎？

近 縱虎歸山　　反 調虎離山

放蕩不羈

行動放縱，不受約束。

例：我不贊成你跟他這種放蕩不羈的人交朋友。

反 謹言慎行

昏天黑地

形容周圍非常昏暗。

例：突然間變得昏天黑地的，就要下大雨了，我們匆匆下山趕回家去。

近 暗無天日　　反 青天白日

明火執仗

形容毫無顧忌地幹壞事。

例：那班亡命之徒，居然明火執仗地在大街上搶劫。

図 明火執杖

明日黃花

比喻過時的東西。

例：此事已成明日黃花，不用提了，我們還是考慮今後的事吧！

近 事過境遷　　反 當時得令

明目張膽

形容無所顧忌，大膽妄為。

例：那個歹徒竟然明目張膽地在大街上搶劫，結果被警察抓住了。

近 肆無忌憚　　反 偷偷摸摸

明知故犯

明知不對，而故意違背。

例：老師告誡過我們不要亂拋垃圾，你卻明知故犯，太不應該了！

近 知法犯法

明察秋毫

很小的事情都看得清楚。

例：顧經理明察秋毫，對公司這次發生的意外事故已經瞭解得十分清楚。

反 不見輿薪

東山再起

比喻失敗後又積聚力量再幹。

例：這位退隱了多年的政界人物，如今又想東山再起。

近 重整旗鼓、捲土重來
反 銷聲匿跡

東施效顰

比喻仿效不像，反增其醜。

例：不顧自身的條件而盲目地去模仿他人，結果只能是東施效顰。

近 弄巧成拙

東奔西走

形容四處奔波，十分忙碌。

例：他中學畢業後，為了幫助家庭維持生計，東奔西走去應徵工作。

反 足不出戶

東窗事發

所犯的罪行被揭發了。

例：他長期販賣毒品，終於東窗事發，被警方拘捕了。

易如反掌

比喻事情極容易辦成。

例：他是個英語教師，叫他為你寫封英文信，應該是易如反掌的事。

近 輕而易舉　　反 難若登天

杯弓蛇影

比喻疑神疑鬼，妄自驚擾。

例：他家一連失竊了二次，弄得他杯弓蛇影，連睡覺也不安穩。

近 草木皆兵、風聲鶴唳

杯水車薪

比喻力量太小，解決不了問題。

例：雖然已盡了力，但我們的救濟比起難民之需仍是杯水車薪。

近 無濟於事　　反 集腋成裘

枉費心機

白費心思。

例：你要取消這次派對，那麼我們辛辛苦苦的籌備豈不是枉費心機？

原 枉用心機

欣欣向榮

原形容草木長得茂盛。比喻事業蓬勃發展。

例：戰後，這個城市出現了欣欣向榮的氣象。

近 繁榮昌盛　　反 一蹶不振

油腔滑調

形容說話輕浮。

例：他的心地還算善良，就是有點油腔滑調、信口開河的惡習。

沽名釣譽

賺取名譽。

例：他捐款給慈善機構，不是為了沽名釣譽，而是誠心幫助窮苦人。

反 沽名吊譽

沾沾自喜

形容得意、自滿的樣子。

例：你得了 80 分就沾沾自喜，那麼你以後怎麼會進步呢？

近 洋洋自得

泣不成聲

形容極為悲傷。

例：聽到母親去世的消息後，她撲倒在牀上，泣不成聲。

近 悲不自勝　　反 捧腹大笑

爭先恐後

爭着往前，惟恐落後。

例：聽說學校組織露營活動，學生們都爭先恐後地報名參加。

近 趨之若鶩、蜂擁而至

物以類聚

比喻同類的人相互接近。

例：俗語道：物以類聚。他自從染上毒癮，便常跟一班癮君子廝混。

近 人以羣分

狐假虎威

比喻憑借別人的權勢作威作福。

例：他仗着父親的權勢，狐假虎威地到處欺負人。

近 恃勢凌人、仗勢欺人

狐羣狗黨

比喻勾結在一起的壞人。

例：王七和他的那伙狐羣狗黨，因為搶劫金舖被警方抓了起來。

近 朋比為奸

狗急跳牆

比喻壞人在走投無路時會不擇手段地蠻幹。

例：你不要逼得他太緊，當心他「狗急跳牆」啊！

知己知彼

對對方和自己的情況都很瞭解。

例：打仗要知己知彼，才能百戰百勝。

知書識禮

形容人有教養。

例：李先生知書識禮，一向平易近人，大家都很喜歡他。

反 知書達禮

空中樓閣

比喻脫離實際的理論或虛構的事物。

例：你的計劃完全脫離實際，只不過是空中樓閣罷了。

近 海市蜃樓

空前絕後

超絕古今的意思。

例：你自以為你的那首詩是空前絕後之作，未免太自負了吧！

近 超羣絕倫　　反 比比皆是

空洞無物

形容內容空無一物。

例：這幾首古體詩技巧不錯，只可惜內容空洞無物。

空頭支票

比喻不能兌現的諾言。

例：他在競選時對選民許下的諾言，後來被證實只是一些空頭支票。

花天酒地

形容終日迷戀酒色，生活荒淫腐化。

例：他過着花天酒地的生活，不到幾年，就把錢花完了。

近 紙醉金迷　　反 艱苦樸素

花言巧語

指巧妙動聽的騙人話。

例：你的花言巧語我已聽夠了，我再不會上你的當了。

近 鼓舌如簧、甜言蜜語

花枝招展

喻女人打扮得很漂亮。

例：她打扮得這麼花枝招展，準是去參加什麼舞會出風頭了。

近 濃裝艷抹

虎視眈眈

形容惡狠狠地盯着。

例：那個惡霸對他家的古董早已虎視眈眈，處心積慮地想據為己有。

虎頭蛇尾

比喻辦事前面認真，後面馬虎。

例：我們做事要有始有終，不能虎頭蛇尾。

近 有始無終　　反 貫徹始終

迎刃而解

比喻事情的順利解決。

例：李先生辦事能力強，只要他經手，什麼棘手的事都能迎刃而解。

反 荊棘載途、無能為力

金玉良言

比喻非常寶貴的忠言。

例：您信中的教導，句句都是金玉良言，我一一銘記在心。

又 金玉之言　　反 不經之談

金碧輝煌

裝飾華揚，光彩耀眼的樣子。

例：這座宮殿被重新裝修得金碧輝煌，吸引了不少遊人。

長此以往

老是這樣下去。

例：這種不良的校風日甚一日，長此以往，學校將不像學校了！

長吁短嘆

長一聲短一聲地不住嘆息。

例：碰到了困難，長吁短嘆是沒有用的，應想辦法去克服。

原 短嘆長吁

長年累月

長時間的意思。

例：經過大家長年累月的辛勤勞動，這片荒地終於變成了果園。

近 成年累月　　反 一朝一夕

長袖善舞

比喻做事有所憑藉，容易成功。

例：周某人長袖善舞，不用幾年便成為有財有勢的人物。

近 多財善賈

長篇大論

言論滔滔不絕。

例：他的長篇大論空洞無物，使人聽了昏昏欲睡。

近 連篇累牘　　反 言簡意賅

長驅直入

形容行動順利無阻。

例：我軍長驅直入，所向披靡，不出數月，就收復了大片失地。

近 勢如破竹

反 寸步難行、步步為營

門可羅雀

形容門前很少人來往，十分冷落。

例：自從他破產之後，很少客人到訪，
門可羅雀。

近 門庭冷落

反 戶限為穿、 門庭若市

門庭若市

形容前來的人很多，門庭像市
場一樣。

例：唐先生一當上官，前來拜謁的人
很多，門庭若市。

近 戶限為穿

反 門可羅雀、門庭冷落

阿諛逢迎

刻意巴結、討好人家。

例：他經常對上司阿諛逢迎，我們都
看不慣他。

近 阿諛諂媚 　　**反** 守正不阿

雨後春筍

比喻新事物又多又快地湧現。

例：自從旅遊業興旺後，此地的旅館
像雨後春筍般地湧現了。

青出於藍

比喻學生的能力超過了老師。

例：他是個徒弟，但手藝卻超過了師
傅，真是青出於藍而勝於藍。

近 冰寒於水、後來居上

反 每況愈下

青紅皂白

比喻事情的情由或是非曲直。

例：媽媽看到弟弟摔傷了腿，就不分
青紅皂白地把我們罵了一通。

近 是非曲直

青梅竹馬

比喻男女兒童一起玩耍，天真
無邪。

例：兒時的青梅竹馬，在他心裏留下
了美好的回憶。

近 兩小無猜

青雲直上

比喻人的官運亨通，直升高位。

例：李先生自從留學回來之後，青雲
直上，如今已是總經理。

近 平步青雲 　　**反** 一落千丈

非同小可

形容很不平常或很嚴重。

例：這次電腦程式出錯，給銀行造成
的損失非同小可。

反 不足掛齒

非親非故

指彼此沒有關係。

例：我和他非親非故，怎麼好意思去
打擾人家呢？

反 沾親帶故

來日方長

將來的日子長着呢！表示將來
還有機會。

例：你何必為考試的一次失敗而灰心
呢？來日方長，機會有的是！

反 去日苦多

【九畫】

亭亭玉立

形容體態修長的美女或挺拔秀
麗的花木。

例：兩年不見，他的女兒已長成亭亭
玉立的姑娘了。

侗促不安

舉止拘束，心裏不安。

例：她出席這樣大型豪華的酒會還是
第一次，難怪她如此侗促不安。

又 跼踏不安

反 顧盼自如、無拘無束

促膝談心

靠近坐着談心裏的話。

例：經過了一夜的促膝談心，我跟他
的友誼又增進了一大步。

信口開河

隨便亂說的意思。

例：指責別人要有事實根據，不要信
口開河。

又 信口開合

反 三緘其口、言必有中

削足適履

比喻不合理地遷就或湊合。

例：專欄文章有嚴格的字數限制，有
時就難免要長話短說，削足適履。

前功盡棄

以前的努力完全白費。

例：地基突然下陷，使得已經施工了
半年的樓宇建築前功盡棄。

近 全功盡棄、功虧一簣

反 大功告成

前車之鑑

比喻把前人的失敗作為自己的
鑑戒。

例：你哥哥不讀書而吃盡了苦頭，前
車之鑑，應引以為訓。

又 前車可鑑

近 覆車之鑑　　**反** 重蹈覆轍

前程萬里

形容前途遠大，不可限量。

例：你們出國深造是為了創造新的未
來，我在此預祝你們前程萬里！

近 鵬程萬里、錦繡前程

勃然大怒

指突然間憤怒之極。

例：聽說弟弟被人無故打了，他不由
勃然大怒，立刻要去找那人說理。

近 勃然變色、怫然作色

反 笑逐顏開

南轅北轍

比喻行動與目的相反。

例：他所說的和我心裏所想的，簡直
是南轅北轍，相差甚遠。

近 背道而馳　　反 殊途同歸

厚顏無恥

臉皮厚，不知羞恥。

例：小說中那個漢奸賣國求榮，甘心
做傀儡，真是厚顏無恥。

近 恬不知恥

咫尺天涯

喻近在眼前，卻被隔離得像遠
在天涯。

例：他被關進了監牢，和他妻子咫尺
天涯，見不到面了。

咬文嚼字

比喻過分斟酌字句。

例：學習課文應該深入領會文章的題
旨，不可過分咬文嚼字。

咬牙切齒

忿恨到極點的樣子。

例：她以為我向上司告了她的狀，所
以一見到我就咬牙切齒地大罵。

近 恨之入骨　　反 和顏悅色

垂涎欲滴

形容貪饞的樣子。

例：大熱天看到飽含水分的西瓜，人
人都會垂涎欲滴。

近 垂涎三尺

垂頭喪氣

形容委靡不振的樣子。

例：他看到自己榜上無名，就垂頭喪
氣地回家了。

近 沒精打采　　反 神采奕奕

姹紫嫣紅

形容各種嬌艷的花朵。

例：春天來了，公園裏的花開得一片
姹紫嫣紅，好看極了。

反 嫣紅姹紫　　近 萬紫千紅

威風凜凜

氣概威嚴，令人敬畏。

例：他穿上了軍裝，更顯得威風凜凜，
相貌堂堂。

近 雄姿英發

度日如年

形容在困苦的環境下日子不好過。

例：在戰爭年代，老百姓度日如年，生活異常困苦。

反 光陰似箭、日月如梭

卻之不恭

拒絕邀請或饋贈，未免失敬。

例：她那麼有誠意，我們覺得卻之不恭，只好接受了她的邀請。

近 情不可卻、盛情難卻

後生可畏

青年人是可敬畏的。

例：十二歲的小運動員居然能打破世界紀錄，真是後生可畏啊！

怒不可遏

胸中的憤怒無法抑制。

例：看到無辜的老人被人侮辱，他怒不可遏地站出來打抱不平。

反 樂不可支、欣喜若狂

怒髮衝冠

形容憤怒到極點。

例：眼看大好河山任由侵略軍的鐵蹄蹂躪，熱血青年怒髮衝冠。

近 怒不可遏

急中生智

在緊急關頭猛然想出辦法。

例：眼看那隻狼要追上來了，他急中生智，爬到樹上躲起來。

近 情急智生

急如星火

比喻非常急迫。

例：這項工程急如星火，容不得片刻延緩。

近 刻不容緩、十萬火急

急轉直下

形容情況一下轉變很快。

例：援兵到後，戰局急轉直下，敵軍節節敗退。

反 扶搖直上

怨天尤人

形容抱怨一切。

例：他沒考取大學，就在家裏大發脾氣，怨天尤人。

反 樂天安命

怨聲載道

形容怨恨的人很多。

例：由於連年的天災人禍，老百姓苦不堪言，怨聲載道。

反 口碑載道、有口皆碑

恆河沙數

形容數量極多，無法計算。

例：這所大學已經有百年的歷史，培
養出來的專業人才多如恆河沙
數。

近 車載斗量　　反 鳳毛麟角

恍然大悟

一下子明白，覺悟過來。

例：經過一番解釋，我們這才恍然大
悟，明白了她經常遲到的原因。

又 豁然大悟　　反 百思莫解

恬不知恥

滿不在乎，不知羞恥。

例：他幹出此等傷風敗俗的醜事，還
恬不知恥地四處招搖。

又 恬然不恥　　近 厚顏無恥

恰到好處

辦事、說話到了最適當的地步。

例：你燒的菜，火候掌握得恰到好處，
真不愧是一位名廚師！

近 恰如其分

拭目以待

形容期望殷切。

例：這場比賽我們的校隊將會輕易取
勝，你不信？請拭目以待！

指日可待

不久就可以實現。

例：暑假快到了，我們去海邊度假的
日子已指日可待。

反 遙遙無期

指手畫腳

形容說話時放肆或得意忘形的
樣子。

例：你又不是負責人，憑什麼在這裏
指手畫腳地亂指揮？

又 指手劃腳　　近 比手畫腳

指桑罵槐

比喻指着張三罵李四。

例：你難道沒有聽出她是在指桑罵槐
嗎？

近 指雞罵狗、含沙射影

挑撥離間

挑撥是非，使人不和睦。

例：對於愛挑撥離間的人，我們還是
少接近為妙。

近 挑撥是非　　反 排難解紛

按部就班

指做事按照一定的條理，遵循
一定的順序。

例：事情再多，也得按部就班來做才
能做好。

近 循序漸進

挖肉補瘡

比喻只顧眼前，用有害的方法來救急。

例：靠借貸還債，無異挖肉補瘡，應量入為出才是。

原 剜肉補瘡　　**近** 飲鴆止渴

拾人牙慧

比喻襲用別人的言論。

例：這篇文章盡是拾人牙慧的詞句，不值得一看。

近 拾人涕唾　　**反** 真知灼見

拾金不昧

拾到財物，不據為己有，設法交還原主。

例：他拾金不昧的行為獲得了大家的稱讚。

故步自封

比喻墨守成規，不求進步。

例：我們不應該故步自封，應該多吸取先進的經驗，才能進步。

近 墨守成規　　**反** 革故鼎新

故態復萌

過去的老毛病又犯了。

例：他好不容易下決心戒了賭，可是不到兩個月，便又故態復萌了。

又 故智復萌

近 舊病復發　　**反** 洗心革面

春風滿面

滿臉得意的樣子。

例：瞧你春風滿面的樣子，一定是有什麼好消息了。

又 滿面春風

近 春風得意　　**反** 愁眉不展

枯燥無味

形容單調，沒有趣味。

例：蘇教授把枯燥無味的語言學，講得那麼精彩、生動、引人入勝。

近 興味索然

反 興趣盎然、津津有味

相依為命

互相依靠着生活，誰也離不開誰。

例：父親死後，母親和我相依為命，度過了最艱難的歲月。

反 相煎太急

相形見絀

相比之下，顯出不足之處。

例：雖然明明的成績還過得去，但和優等生一比，未免相形見絀。

近 相形失色　　**反** 相得益彰

相映成趣

相互對照映襯，顯得更有情趣。

例：那池中的游魚和水上的浮蓮相映成趣，簡直可以入畫呢！

近 相得益彰　　**反** 相形失色

相提並論

把不同的人或事放在一起。

例：論人品，自私的小李是無法和誠
懇熱情的小張相提並論的。

近 同日而語

洗心革面

比喻人的徹底改造。

例：這個走私犯服刑期滿，獲得釋放
之後，決心洗心革面，重新做人。

近 迷途知返、改過自新
反 執迷不悟

洗耳恭聽

恭恭敬敬地聽別人講話。

例：你有什麼高明的見解，請講吧！
我們一定洗耳恭聽。

反 充耳不聞　　反 置若罔聞

津津有味

形容特別有興趣。

例：一提起昨夜那場足球賽，陳小寶
便津津有味地說個不停。

近 饒有興味　　反 索然無味

津津樂道

很感興趣，講個不停。

例：體育運動往往是男同學津津樂道
的話題。

洶湧澎湃

形容聲勢浩大，不可阻擋。

例：漲潮時，海水洶湧澎湃地向岸邊
湧來。

近 波瀾壯闊

珍禽奇獸

珍奇的飛禽走獸。

例：這幅大型的蘇繡上，繡着許多珍
禽奇獸，觀眾無不嘖嘖稱奇。

又 奇獸珍禽

甚囂塵上

形容消息普遍流傳，議論紛紜。

例：那樁案子十分離奇，報刊上的各
種揣測甚囂塵上。

近 眾說紛紜、議論紛紛

畏首畏尾

形容做事膽小，顧慮多。

例：做事畏首畏尾的人，往往難以勝
任大事。

近 畏葸不前　　反 無所畏懼

眉飛色舞

形容非常高興、得意的神情。

例：一提起旅遊的經歷，他就眉飛色
舞，講個沒完沒了。

近 眉開眼笑、洋洋得意
反 愁眉苦臉

眉開眼笑

形容極其高興的樣子。

例：小華生日那天，同伴們送來了許多禮物，他不由樂得眉開眼笑。

区 眉花眼笑

近 眉飛色舞　　反 怒髮衝冠

神出鬼沒

泛指行動變化迅速，出沒無常。

例：這支軍隊常常神出鬼沒，給予敵軍嚴重打擊。

近 出沒無常

神通廣大

形容本領極大，辦法極多。

例：《西遊記》中的孫悟空原是隻神通廣大的猴子。

近 無所不能　　反 無計可施

神魂顛倒

形容對某些事物入了迷，失去常態。

例：他對武俠小說的着迷，簡直到了神魂顛倒的地步。

近 心蕩神迷　　反 無動於衷

神機妙算

形容智謀特別高明。

例：江湖術士個個都自詡神機妙算，未卜先知，真的是「信不信由你」啦！

区 神機妙策　　近 料事如神

秋毫無犯

形容軍紀嚴明或為人廉潔。

例：大軍進城以後，紀律嚴明，秋毫無犯，老百姓無不額手稱慶。

反 誅求無已

穿鑿附會

道理不通而硬要說通它。

例：他這種穿鑿附會的解釋，缺乏科學根據，根本不能說服人。

近 牽強附會　　反 入情入理

突如其來

突然來到或發生。

例：天空烏雲密佈，突如其來的雷聲打破了沉寂，開始下雨了。

為所欲為

任性去做心中愛做的事。

例：他仗着朝中有人，為所欲為，壞話說盡，壞事幹絕。

近 恣意妄為、胡作非為

反 循規蹈矩

為虎作倀

比喻幫助惡人作壞事。

例：那傢伙竟然為虎作倀，替敵人帶路，搜捕革命志士。

近 助紂為虐　　反 除暴安良

為國捐軀

為了國家犧牲自己的生命。

例：文天祥為國捐軀，贏得後人的無限敬仰。

近 捨生報國　　反 賣國求榮

美中不足

雖然美好，還有缺點。

例：你這篇文章寫得相當感人，美中不足的是結尾稍嫌匆促了些。

近 白璧微瑕　　反 十全十美

美不勝收

樣樣東西美好，來不及欣賞。

例：那家玩具店裏陳列的玩具琳琅滿目，美不勝收。

近 目不暇接

耐人尋味

禁得起人們仔細地體會。

例：杜甫這首詩，字字句句含意深長，耐人尋味。

近 意味深長　　反 味如嚼蠟

胡作非為

肆無忌憚地做壞事。

例：這班不良少年好吃懶做，整天在屋邨裏外胡作非為。

近 為非作歹　　反 循規蹈矩

胡思亂想

不切實際，毫無根據地瞎想。

例：他們不會責備你的，你別胡思亂想了。

近 想入非非

若隱若現

隱隱約約，看不清楚。

例：山村的晨景十分迷人，山巒、田野和農舍都在晨霧中若隱若現。

近 若明若暗　　反 顯而易見

若無其事

形容鎮靜，或不把事放在心上。

例：孩子哭得很厲害，他居然還能若無其事地坐着看書！

近 泰然自若　　反 憂心忡忡

苦口婆心

形容懷着好心再三勸告。

例：我苦口婆心地勸他不要吸煙，他就是不聽。

苦心孤詣

苦心鑽研，以求取成功。

例：畢業後，他苦心孤詣地進行研究，終於有所發明。

近 處心積慮　　反 漫不經心

茅塞頓開

比喻立時懂了某個道理或知識。

例：先生的一番教導，使我茅塞頓開，懂得了做人的道理。

図 頓開茅塞

近 豁然開朗　　反 大惑不解

負隅頑抗

守住一個角落頑固抵抗。

例：負隅頑抗的敵軍，終於被我軍全部殲滅。

近 困獸猶鬥　　反 束手待斃

迥然不同

差別很大，完全不同。

例：「未」、「末」字形酷似，但是字音和字義卻迥然不同。

近 截然不同、截然相反

迫不及待

形容迫切盼望。

例：聽說表哥要來，他迫不及待地跑到門口去等候。

近 急不可待　　反 從容不迫

迫不得已

指出於逼迫，沒有辦法。

例：父親因病無力維持全家生活，我迫不得已只好輟學出外工作。

近 無可奈何　　反 心甘情願

迫在眉睫

比喻事情很急迫。

例：洪水沖走了許多房屋，現在如何安排災民成了迫在眉睫的問題。

近 燃眉之急、刻不容緩

重於泰山

比喻人死得很有價值。

例：為了祖國的存亡而戰死，重於泰山。

反 輕於鴻毛

面紅耳赤

形容害臊，亦形容着急或發怒。

例：我勸他們心平氣和地討論，不必要爭得面紅耳赤。

近 怒形於色　　反 面不改色

面面俱到

各方面都顧得到。

例：他年紀大了，做事不可能面面俱到，你們體諒他一些吧！

近 無所不包　　反 顧此失彼

面黃肌瘦

形容不健康的體態。

例：一走進重災區，只見老百姓一個個都面黃肌瘦的。

近 面有菜色　　反 容光煥發

風平浪靜

比喻十分平靜。

例：今天天氣很好，海上風平浪靜，
我們一起去海邊游泳好嗎？

反 驚濤駭浪

風雨同舟

比喻共同經歷患難。

例：在淪陷的日子裏，大家風雨同舟，
患難與共，熬到了勝利。

近 同舟共濟、患難與共

反 各不相謀

風捲殘雲

比喻一掃而光。

例：他餓慌了，把桌上的飯菜，風捲
殘雲般地一掃而光。

風雲變幻

像風雲那樣變化不定。

例：祖父活了近百歲，耳聞目睹了許
多風雲變幻的事件。

近 變化無常

風馳電掣

形容行動非常迅速，一閃而過。

例：敏明駕駛着摩托車，從我面前風
馳電掣而過。

近 星馳電走　　反 蝸步龜移

風塵僕僕

指奔波忙碌，旅途勞頓。

例：由於生意的需要，他風塵僕僕地
來往於兩個城市，不以為苦。

反 僕僕風塵　　近 櫛風沐雨

風聲鶴唳

自相驚擾的意思。

例：接二連三的搶劫事件，使那裏的
人都有風聲鶴唳之感。

近 杯弓蛇影、草木皆兵

風燭殘年

比喻臨近死亡的晚年。

例：一個人到了風燭殘年，對功名利
祿，也都看得淡了。

近 日薄西山　　反 年富力強

風靡一時

形容某一事物在一段時期內極
為流行。

例：這首歌曲在十年前曾風靡一時。

飛黃騰達

一下子發達起來。

例：他飛黃騰達之後，就把原先那班
窮朋友忘記了。

近 平步青雲　　反 窮困潦倒

飛揚跋扈

獨斷獨行，橫暴放肆。

例：你看他仗恃着自己有靠山，飛揚
跋扈，氣焰囂張到何等的地步！

近 專橫跋扈、驕橫跋扈

首屈一指

表示位居第一。

例：在我們班上他的學習成績是首屈
一指的。

近 名列前茅、數一數二、獨佔鰲頭

【十畫】

乘風破浪

形容船向前進；亦比喻勇往直
前，克服困難。

例：小艇離開碼頭，乘風破浪地向西
飛駛而去。

近 勇往直前

乘虛而入

趁着虛弱的地方進來。

例：如果不注意清潔衛生，病菌就會
乘虛而入，我們就會得病。

反 無機可乘

俯拾即是

形容數量多，極易得到。

例：小華讀書不用功，他寫的作文，
錯字病句俯拾即是。

近 觸目皆是　　反 鳳毛麟角

借花獻佛

比喻用別人的東西做人情。

例：既然章生這裏有酒，我們就借花
獻佛敬你一杯，祝你生辰快樂。

借題發揮

假借某事為題，發表自己的見
解。

例：在這篇文章中，作者借題發揮，
意在表露自己的不滿。

剛愎自用

不聽勸告，光憑主觀辦事。

例：他為人剛愎自用，恐怕不吃大虧
是不會幡然悔悟的。

近 固執己見　　反 從諫如流

埋頭苦幹

專心致志，刻苦工作。

例：這一年來他廢寢忘食地埋頭苦
幹，年終被公司評為優秀職工。

反 游手好閒

娓娓動聽

善於言談，說話生動，使人愛聽。

例：母親講故事講得娓娓動聽，我們大家都聽得出了神。

反 期期艾艾

家徒四壁

形容窮困之極，一無所有。

例：雖然家徒四壁，但是他人窮志不窮，決心發奮創業。

図 家徒壁立

近 環堵蕭然　　反 堆金積玉

家喻戶曉

形容人所共知。

例：《西遊記》、《水滸傳》都是中國家喻戶曉的小說。

家學淵源

家傳的學問有根源。

例：他的父親是個書法家，他亦寫得一手好字，真可謂家學淵源啊！

近 書香世代

弱不禁風

形容嬌弱。

例：《紅樓夢》中的林黛玉是個弱不禁風的女子。

近 弱不勝衣　　反 鋼筋鐵骨

弱肉強食

比喻弱的被強的併吞。

例：在弱肉強食的社會中，誰都會嘗到激烈競爭的滋味。

近 以強凌弱　　反 鋤強扶弱

恩將仇報

用仇恨報答所受的恩惠。

例：是他把你從水裏救起來，你怎麼恩將仇報，說他把你推下水的呢？

近 以怨報德　　反 感恩戴德

冤家路窄

比喻不願相見的人偏偏碰見。

例：他倆吵翻了臉，偏偏又進了同一家公司工作，真是冤家路窄。

息事寧人

指平息糾紛，使人和睦相處。

例：他是個和事佬，處處表示出息事寧人的態度。

反 惹事生非

挺身而出

遇到危難，勇敢地站出來。

例：雖然這件事與他無關，但他還是挺身而出，仗義執言。

反 畏縮不前

捉襟見肘

形容生活貧困或比喻窘迫。

例：他收入有限，開支都要有計劃；
多一點額外支出就捉襟見肘了。

区 捉襟肘見

近 左支右絀　　反 綽綽有餘

捕風捉影

比喻毫無事實根據。

例：那些說法都是捕風捉影，毫無事
實根據，切不可輕信。

近 無中生有　　反 有案可稽

泰然自若

形容在情況緊急時依然十分鎮
靜。

例：雖然身陷敵軍重圍，李將軍仍泰
然自若，談笑風生。

近 處之泰然　　反 驚慌失措

料事如神

形容預料事情非常準確。

例：我又不能料事如神，怎麼知道事
情會有這樣悲慘的結局？

近 神機妙算

旁敲側擊

比喻說話繞彎子，不直接。

例：你有意見，可以痛快地直說出來，
不必這樣旁敲側擊。

反 單刀直入

旁徵博引

從多方面廣泛地引用材料作證
明。

例：這只是一個簡單的問題，無需旁
徵博引就可以說清楚。

栩栩如生

形容刻畫、描繪得非常逼真。

例：國畫大師齊白石畫的蝦栩栩如
生，每一隻都像就要從畫面上跳
出來似的。

根深蒂固

基礎深厚，不易動搖。

例：要改掉爺爺那根深蒂固的封建思
想，真是談何容易。

格格不入

形容與人不相融洽。

例：他性情孤僻，不愛交際，和大家
總是有些格格不入。

反 水乳交融

桃紅柳綠

形容花木繁盛，色彩鮮艷的春
景。

例：轉眼間已到了桃紅柳綠的春天。

近 萬紫千紅

氣急敗壞

形容十分慌張或極為惱羞。

例：小王見房子着火了，就氣急敗壞
地跑出去打電話報警。

反 心平氣和

氣息奄奄

形容人即將斷氣，亦比喻事物
即將消亡。

例：她被救護車送到醫院時，已經氣
息奄奄了。

近 奄奄待斃、奄奄一息

反 精神煥發

氣喘吁吁

形容呼吸急促，大聲喘氣。

例：跑到山頂，她已經氣喘吁吁，臉
色發白。

氣象萬千

形容景色、事物壯麗多變。

例：廬山的景色氣象萬千，令人流連
忘返。

浮光掠影

比喻印象不深刻，一下子就過
去了。

例：這本書我只是浮光掠影地翻閱
過，印象十分模糊。

近 蜻蜓點水、走馬看花

海市蜃樓

比喻虛無縹緲的事物。

例：他的理想不過是海市蜃樓而已，
一點都不切實際。

近 空中樓閣

海外奇談

很荒誕無稽的話。

例：這種信口開河亂講的海外奇談，
分明是侮辱讀者的智慧。

近 不經之談

海闊天空

喻胸襟開闊或毫無拘束，亦喻
說話沒有邊際。

例：要緊事辦完了，我們就海闊天空
地閒聊起來。

近 天南地北

流言蜚語

毫無根據的謠言。

例：他堅持進行他的實驗，對外間的
流言蜚語一概置之不理。

近 蜚短流長

流芳百世

好名譽永遠流傳後代。

例：岳飛的英名流芳百世，秦檜的惡
迹遺臭萬年，這就是歷史的判
決。

近 永垂不朽　　**反** 遺臭萬年

流連忘返

留戀得忘記回去。

例： 西湖的湖光山色美麗極了，使人
流連忘返。

⊗ 流連忘反

近 樂不思蜀　　反 歸心似箭

流離失所

轉徙離散，無處安身。

例： 戰爭時期，很多老百姓都家破人
亡，流離失所。

近 顛沛流離　　反 安居樂業

烏合之眾

倉卒集合起來的一羣人。

例： 這支僱傭軍其實是烏合之眾，所
以不堪一擊。

近 一盤散沙

烏煙瘴氣

比喻環境嘈雜，風氣不正。

例： 黑社會勢力潛入的地方，都給搞
得烏煙瘴氣。

狼心狗肺

形容貪婪、兇狠到沒有人性的
地步。

例： 那幫侵略者狼心狗肺，到處濫殺
無辜的人民。

近 蛇蠍心腸

狼吞虎咽

形容吃東西又猛又急。

例： 大家一天沒吃東西，吃晚飯時個
個狼吞虎咽，吃得特別香。

反 淺嘗細酌

狼狽不堪

形容非常窘迫的情形。

例： 今天我到飯館裏吃飯，卻忘了帶
錢，弄得狼狽不堪。

狼狽為奸

比喻兩個壞人合伙幹壞事。

例： 省、港兩地的不法之徒狼狽為
奸，幹着走私販毒的勾當。

近 朋比為奸

珠光寶氣

形容女人服飾華麗、貴重。

例： 盛大的宴會上，女士們個個都打
扮得珠光寶氣的。

近 珠圍翠繞

班門弄斧

比喻在專家面前顯本領。

例： 他才學電腦，就在那位電腦專家
面前誇誇其談，真是班門弄斧。

⊗ 弄斧班門

疲於奔命

指事情繁多，忙不過來。

例：你身為經理，連這些雞毛蒜皮的事都管，難怪你要疲於奔命了。

反 應付裕如

疾言厲色

形容發怒時說話的神態。

例：孩子年幼無知，你不應該對他如此疾言厲色。

区 疾言遽色
近 正言厲色　　反 和顏悅色

疾惡如仇

憎恨壞人壞事，如同仇敵一般。

例：伯父為人剛正不阿，疾惡如仇，常常為人打抱不平。

区 嫉惡如仇

病入膏肓

病重無法挽救的意思。

例：他已病入膏肓，即使請名醫來醫治，亦無濟於事。

近 無可救藥

真才實學

真實的才能、學問。

例：真才實學是要靠勤學苦練才能獲得的。

真憑實據

真實確鑿的憑據。

例：由於缺乏真憑實據，法官只好宣佈被控偷竊的疑犯無罪釋放。

反 無中生有

真知灼見

形容見解正確、透徹。

例：科學家們的真知灼見尚且有時出錯，更不用說一般人的推斷了。

真相大白

事情的實際情況完全弄清了。

例：這個案件雖然案情複雜，但經過徹底調查，已真相大白了。

近 水落石出

破涕為笑

指轉悲為喜。

例：媽媽終於答應帶小明一起去郊遊，小明立刻就破涕為笑了。

近 轉憂為喜

破釜沉舟

比喻下決心，幹到底。

例：事到如今，他們只好破釜沉舟，作最後一次的努力。

近 背城借一　　反 舉棋不定

破綻百出

漏洞非常多的意思。

例：他的話，破綻百出，根本無法令
人相信。

反 天衣無縫

袖手旁觀

比喻置身事外，不予幫助或不
加過問。

例：你的事就是我的事，我不能袖手
旁觀，不加過問。

近 作壁上觀、置身事外

反 拔刀相助

笑容可掬

滿臉堆笑的意思。

例：他一進門，就笑容可掬地同每一
個人打招呼。

近 笑容滿面　　**反** 愁眉苦臉

笑逐顏開

面帶笑容，非常高興。

例：孩子們收到聖誕禮物後，個個笑
逐顏開，高興萬分。

近 歡天喜地　　**反** 愁眉蹙額

粉身碎骨

形容死得很慘。

例：在這萬丈懸崖上，稍不留神掉下
去的話，就會粉身碎骨。

又 粉骨碎身

紙上談兵

比喻空發議論，不能解決實際
問題。

例：他只會紙上談兵，碰到現實問題，
他卻無法應付。

近 沙上游泳

紙醉金迷

形容環境奢侈繁華，易叫人沉迷。

例：發跡後，他沉迷於燈紅酒綠、紙
醉金迷的生活。

原 金迷紙醉

近 花天酒地、窮奢極欲

紛至沓來

接連不斷地到來。

例：他的作品發表之後，讀者的信紛
至沓來，令他應接不暇。

近 接踵而至

素昧平生

彼此一向不瞭解。

例：我和他素昧平生，怎麼好意思要
他幫忙呢？

近 素不相識　　**反** 生死之交

索然無味

沒有意味，沒有興趣的樣子。

例：這本書看一遍還有些興致，再看
第二遍就索然無味了。

反 津津有味、饒有興味

107

胸有成竹

比喻心裏早已打定主意。

例：這事件如何處理，我早已胸有成
竹了。

近 心中有數　　反 六神無主

臭名遠揚

壞名聲傳得很遠。

例：他慣於敲詐勒索，無惡不作，早
已臭名遠揚。

近 醜聲遠播、臭名昭著

反 大名鼎鼎

茶餘飯後

泛指休息閒暇的時間。

例：現在電視普及了，電視節目往往
成為人們茶餘飯後的消遣。

又 茶餘酒後

草木皆兵

形容心懷恐懼，疑神疑鬼。

例：逃兵們驚魂未定，草木皆兵，稍
有一點動靜，就嚇得面無人色。

近 四面楚歌、杯弓蛇影

草菅人命

指輕視人命，任意殺戮。

例：封建時代的官吏，大多貪贓枉法，
草菅人命。

反 愛民如子

荒誕無稽

荒唐透頂，不足憑信。

例：他不信世界上有鬼，那些鬼怪故
事，在他看來都是荒誕無稽的。

近 荒謬絕倫

記憶猶新

過去的事，至今印象還非常清
楚。

例：過去在戰爭中所受的苦難，奶奶
至今仍記憶猶新。

近 歷歷在目

逆來順受

委屈忍受惡劣環境和待遇。

例：《水滸傳》中的林沖安分守己，
逆來順受，結果還是被逼上梁
山。

追悔莫及

等到後悔的時候已經太遲了。

例：如果小錯不改，等到鑄成大錯，
便已追悔莫及了。

針鋒相對

比喻雙方尖銳對立。

例：在城市論壇上，幾位講者就政制
改革問題進行了針鋒相對的辯
論。

近 抽薪止沸　　反 抱薪救火

飢不擇食

喻需要迫切，顧不得選擇。

例：迷途的學生，飢不擇食地大口吃着救援人員帶來的乾糧。

近 寒不擇衣、慌不擇路

閃爍其辭

説話躲躲閃閃。

例：對於自己這幾天來的行蹤，他始終閃爍其詞，不肯實説。

近 吞吞吐吐　　反 直言不諱

馬不停蹄

比喻不停頓地前進。

例：事情一辦完，他就馬不停蹄地趕回家鄉去了。

近 一鼓作氣　　反 裹足不前

馬到成功

比喻迅速而順利地取得勝利或成效。

例：那地方正需要你這樣的人才，祝你此去馬到成功！

近 水到渠成　　反 徒勞無功

高枕無憂

比喻太平無事，不必擔憂。

例：別以為大學畢業就可以高枕無憂，今後還得努力才會有所成就。

反 憂心如焚、憂心忡忡

高朋滿座

形容賓客很多。

例：父親很好客，朋友也多，家裏經常高朋滿座。

近 座無虛席　　反 門可羅雀

高瞻遠矚

比喻目光遠大。

例：由於祖父高瞻遠矚，能把握時機，所以他做生意一直很成功。

反 鼠目寸光、目光如豆

鬼斧神工

形容技藝精巧高超。

例：敦煌石窟的雕像，都是鬼斧神工之作，令人讚嘆不已。

又 神工鬼斧　　反 粗製濫造

鬼鬼祟祟

形容行為不正大光明。

例：你們兩人鬼鬼祟祟地在這兒東張西望，到底想幹些什麼？

近 偷偷摸摸　　反 堂堂正正

【十一畫】

假公濟私
以公家的名義，獲取私利。

例：做任何工作，都要公私分明，不應該假公濟私。

反 公爾忘私

偷工減料
形容粗製濫造，亦指做事馬虎。

例：個別建築商為了多賺錢，不惜偷工減料，欺騙顧客。

近 粗製濫造

參差不齊
形容水平不一或不整齊。

例：這一班學生中，有不少是插班生，所以成績參差不齊。

近 參差錯落

唯利是圖
只圖有利，別的什麼都不顧。

例：他做生意唯利是圖，不擇手段，客戶都不願和他往來了。

又 唯利是求

唯命是從
只要有命令就服從。

例：父母發號施令，兒女唯命是從的封建時代已經過去了。

近 唯命是聽、俯首聽命

啞口無言
像啞巴一樣說不出話來。

例：老師批評我們不該為小事爭吵。他的一番話，說得大家啞口無言。

近 張口結舌、沉默不語
反 大放厥詞

啞然失笑
情不自禁地笑了出來。

例：姊姊聽了小妹的話，啞然失笑說：「虧你想得出這樣的妙計！」

眾口紛紜
人多嘴雜，議論紛紛。

例：那東西是汽球、飛機、還是不明飛行物，一時眾口紛紜。

又 眾說紛紜　　反 異口同聲

眾矢之的
比喻大家攻擊的目標。

例：弟弟調皮搗蛋，在家裏成了眾矢之的，常常受到大家的責備。

反 眾望所歸

眾志成城

團結一致，就能取得成功。

例：街坊福利會的倡議很得人心，大家眾志成城，周圍環境很快改觀。

原 眾心成城

近 眾擎易舉、萬眾一心

眾望所歸

眾人所共寄望、愛戴。

例：由黃先生來擔任同鄉會的會長，實在是眾望所歸。

眾目睽睽

在大家注視之下。

例：在眾目睽睽之下，他又覺得自己的那點要求很難啟齒。

又 萬目睽睽

眾寡不敵

人數懸殊，不能抵擋。

例：他邊打邊退，由於眾寡不敵，終於被對方捉住了。

近 眾寡懸殊　　**反** 棋鼓相當

執迷不悟

堅持錯誤而不覺悟。

例：只要我們真誠地幫助他，指出前途，他不會執迷不悟的。

又 執迷不悔

反 恍然大悟、幡然悔悟

堅如磐石

形容極其堅固，不可動搖。

例：這個財團資力雄厚，其事業亦堅如磐石。

近 堅不可摧　　**反** 危如累卵

堅貞不屈

堅定有節操，不向惡勢力屈服。

例：無論敵人怎樣威逼利誘，他總是堅貞不屈，不肯出賣自己人。

近 寧死不屈　　**反** 卑躬屈膝

將錯就錯

遷就已經做成的錯事。

例：反正已經錯了，如今也只有將錯就錯，別無他途。

將功折罪

拿功勞抵罪過。

例：你雖然犯了罪，但我們希望你提供線索，將功折罪。

又 將功贖罪

近 將功補過　　**反** 罪上加罪

將信將疑

有點相信，又有點懷疑。

例：眾人聽了他的話，都有些將信將疑，就竊竊私語起來。

近 半信半疑　　**反** 深信不疑

庸人自擾

指平庸的人無事生事，自找麻煩。

例：黃小姐長得不錯，卻還要去做整容手術，真是庸人自擾。

反 智者不惑

張口結舌

形容說不出話。

例：老師的一番話，說得他張口結舌，他自知理虧，也就不吭聲了。

近 頓口無言、鉗口結舌

反 鼓舌如簧

張大其辭

誇大過分的意思。

例：他說話總是張大其辭，你別信他的。

区 張大其事

近 過甚其辭、言過其實

張牙舞爪

形容十分兇惡的樣子。

例：看到電視裏那隻大灰狼張牙舞爪地撲來，弟弟嚇得蒙住了眼睛。

張冠李戴

比喻把人或事互相弄錯。

例：這話明明是他說的，你怎麼張冠李戴，說是我說的呢？

近 名不副實　　反 名副其實

張燈結彩

形容喜慶或節日的景象。

例：每逢聖誕節，酒店、商場等都張燈結彩，熱烈慶祝。

彬彬有禮

形容文雅而有禮貌。

例：王先生彬彬有禮的態度，使人感覺很親切，大家都喜歡和他接近。

近 文質彬彬

得寸進尺

比喻貪得無厭。

例：那羣流氓吃了東西不給錢，還得寸進尺，臨走時又拿走不少東西。

近 得隴望蜀、得步進步

反 適可而止

得心應手

形容做事盡合心意。

例：叔叔當了多年廚師，燒幾樣家常菜，自然得心應手。

区 得手應心

近 左右逢源　　反 無能為力

得意忘形

得意之極，失去了常態。

例：你的習作登上了報紙，高興高興是可以的，但切莫得意忘形。

近 忘乎所以、忘其所以

從長計議

放長時間慢慢商量研究。

例：這樁事還是待你父親歸來，從長
計議才好，切不可草率從事。

反 權宜之計

悠然自得

形容悠閒從容，心情舒適。

例：靜靜的湖面上，幾隻天鵝悠然自
得地在游來游去。

又 悠游自得　　**近** 優哉游哉

患得患失

指計較個人的一切得失。

例：做事要有信心，不要患得患失，
否則做什麼事都難以成功。

反 處之泰然、泰然處之

情不自禁

感情抑制不住，不由自主。

例：爬到山頂極目四望，頓覺心胸開
闊，大家情不自禁地引吭高歌。

情投意合

感情融洽，意見一致。

例：他們倆情投意合，終於結為夫
妻，生活非常美滿。

近 心心相印、水乳交融

反 水火不容

惆然若失

心裏好像失掉什麼東西似的。

例：她呆呆地坐在那裏，惆然若失，
連我走到跟前她都沒察覺。

近 悵然若失、若有所失

捨本逐末

做事不抓根本，而在枝節上下
功夫。

例：寫文章不管內容，一味地堆砌詞
藻，就是捨本逐末。

又 棄本逐末

近 本末倒置　　**反** 去末歸本

捫心自問

指自我反省。

例：捫心自問，這些年來我並沒有做
過對不起人的事。

近 反躬自問

捷足先得

趕在前面，首先得到。

例：這批貨為數不多，頗為搶手；我
早已預訂，自然是捷足先得了。

又 捷足先登　　**反** 坐失良機

排山倒海

形容來勢兇猛，力量強大。

例：漲潮時，潮水以排山倒海之勢，
洶湧而來。

近 翻江倒海　　**反** 風平浪靜

排難解紛

排除危難，調解糾紛。

例：社工人員常為街坊鄰里排難解紛，深受大家的歡迎。

探囊取物

比喻事情很容易辦到。

例：辦這點小事，在我來說，猶如探囊取物，非常容易。

近 甕中捉鱉

接踵而至

形容來者絡繹不絕或事情接連發生。

例：宴會就要開始了，客人接踵而至，氣氛非常熱烈。

又 接踵而來　　近 絡繹不絕

措手不及

來不及應付。

例：現在不好好溫習，到時候連續考幾門功課，你就會措手不及了。

近 張惶失措
反 措置裕如、好整以暇

推三阻四

用種種藉口推托、阻攔。

例：今天輪到你打掃屋子，你可別再推三阻四啊！

反 求之不得

推己及人

指設身處地為別人着想。

例：你要是能推己及人，替他想想，那就會原諒他，不會生他的氣了。

近 設身處地、以己度人

推心置腹

比喻真心待人。

例：他們能夠開誠佈公，推心置腹地交換意見，所以合作愉快。

近 肝膽相照
反 虛情假意、爾虞我詐

推波助瀾

比喻從旁鼓動，使事態擴大。

例：他倆吵得挺厲害，你可別再推波助瀾，否則真要打起來了。

近 火上加油

掩耳盜鈴

比喻不能欺騙別人，只能欺騙自己。

例：把貪污賄賂說成是禮尚往來，不過是掩耳盜鈴的伎倆。

近 掩目捕雀、自欺欺人

敝帚自珍

比喻將自己不好的東西視為珍寶。

例：以前的作文雖然幼稚，但我還是敝帚自珍，一直保存至今。

又 敝帚千金　　反 棄如敝屣

斬草除根

比喻除去禍根，不留後患。

例：醫生說，母親身上的腫瘤必須切除，才能斬草除根，以防後患。

反 翦草除根　　近 斬盡殺絕

斬釘截鐵

比喻說話、辦事果斷堅決。

例：他斬釘截鐵地告訴廠長，他決定辭工不幹了。

反 拖泥帶水、優柔寡斷

望風披靡

形容看到對方軍隊來勢強大，沒有交鋒就潰逃。

例：我軍乘勝追擊，敵人望風披靡，潰不成軍。

近 望風而逃　　反 所向無敵

望塵莫及

比喻別人進步發展快，自己趕不上。

例：他功課那麼好，門門都是優秀，我可是望塵莫及啊！

反 望塵不及　　反 迎頭趕上

欲蓋彌彰

想掩蓋真相，卻反而更明顯暴露出來。

例：他想為自己的偷竊行為辯護，卻總是欲蓋彌彰。

殺一儆百

處罰或殺一個人以警戒眾人。

例：為整頓校風，校長開除了一名壞學生，期收殺一儆百之效。

近 以一警百、殺雞儆猴

殺氣騰騰

形容要殺人的兇惡氣勢。

例：兩幫人馬殺氣騰騰，拔刀相向，眼看一場惡鬥即將爆發！

混水摸魚

比喻乘機鑽空子，撈一把。

例：他趁火災之時混水摸魚，竊取他人財物，結果被人抓住了。

反 渾水摸魚

淋漓盡致

極透徹的樣子。

例：作家在這篇散文中，把他遊子思鄉的感情抒發得淋漓盡致。

深入淺出

指文章、言論內容深刻，措辭淺顯易懂。

例：這篇文章深入淺出地論述了吸煙的危害性。

反 故作艱深

深不可測

比喻難以捉摸。

例：他的性情孤傲，落落寡合，大家都覺得他有點深不可測。

反 洞若觀火

深思熟慮

反覆周密地思考。

例：叔叔是個謹慎的人，他處理任何事都要經過一番深思熟慮。

近 深謀遠慮　　**反** 不假思索

深情厚意

深厚的情意。

例：小時候，保姆悉心地照料我，這份深情厚意，我永遠難忘。

近 情深意長

深惡痛絕

厭惡而痛恨之極。

例：他對賭博是那樣的深惡痛絕，以至兒子染上賭癖，就被逐出家門。

又 深惡痛疾　　**近** 痛心疾首

牽強附會

形容生拉硬扯，勉強湊合。

例：像他這種牽強附會的解釋，怎麼能夠說服人呢？

理所當然

道理上應該如此。

例：他倆雖是老友，但是公事公辦，各為其主，也屬理所當然。

理屈詞窮

理由不正，說不出話來。

例：他被人辯駁得理屈詞窮，卻不肯認輸，反而老羞成怒。

反 理直氣壯

理直氣壯

理由充足，態度嚴正。

例：我們理直氣壯地警告那個流氓，不許再胡鬧下去，否則馬上報警。

反 理屈詞窮、強詞奪理

眼花繚亂

看見複雜紛繁的東西而感到迷亂。

例：春天一到，滿山盛開的杜鵑花，讓人看得眼花繚亂。

又 眼花撩亂　　**近** 目迷五色

移風易俗

改變舊的風俗習慣。

例：近年來，香港許多人結婚亦移風易俗，出去蜜月旅遊而不再擺酒。

反 隨波逐流

粗心大意

做事不細心，隨便馬虎。

例： 做功課應該認真細緻，不能粗心大意，否則容易出差錯。

近 粗枝大葉　　反 小心翼翼

細水長流

比喻節約使用錢、物，使之經常不缺。

例： 你用錢要有計劃，細水長流，才能過好日子。

原 小水長流

習以為常

養成習慣，就覺得很平常了。

例： 廳壁掛了一件木雕，初時覺得礙眼，但很快便習以為常了。

近 習焉不察

強人所難

硬要別人去做不願做或不能做的事。

例： 他不會跳舞，你硬要他跳，這不是強人所難嗎？

強詞奪理

進行強辯，無理說成有理。

例： 自己不對，應該老實承認，別強詞奪理，硬說自己對。

強顏歡笑

勉強裝出笑容。

例： 雖然心裏不快活，她還是強顏歡笑地和大家打招呼。

聊以自慰

姑且用來安慰自己。

例： 回首往事，碌碌無為，聊以自慰的是平生沒有做過虧心事。

脫胎換骨

比喻重新做人。

例： 離開了懲教所之後，阿儀決心脫胎換骨，重新做人。

近 洗心革面

脫穎而出

比喻人的才能全部顯示出來。

例： 在近千人的應徵試中，哥哥脫穎而出，被主考人選中。

脣齒相依

比喻互相依靠，不能離開。

例： 三國時代，吳蜀兩國脣齒相依，理應守望相助，百年和好。

近 脣亡齒寒

莫名其妙

無法理解或不合常理。

例：她一進門就對我大發脾氣，我簡直莫名其妙。

近 不知所以　　反 瞭如指掌

莫衷一是

意見分歧，不能斷定哪一個對。

例：有關那幢樓房倒塌的原因，街坊們議論紛紛，莫衷一是。

近 言人人殊　　反 異口同聲

莫逆之交

指情意相投，非常要好的朋友。

例：他們自從在旅遊途中認識後，就結成了莫逆之交。

近 金蘭之契

處心積慮

存心很久。

例：他處心積慮想離間我們的關係，結果只是暴露他的不良居心。

近 蓄謀已久

視死如歸

形容為正義而不怕犧牲。

例：這支軍隊的將士為了保衛自己的國家，個個英勇奮戰，視死如歸。

反 貪生怕死

規行矩步

比喻言行謹慎或墨守成規。

例：他一向規行矩步，絕不會做出越軌的事。

近 謹言慎行、墨守成規
反 肆無忌憚

設身處地

設想自己處在別人的那種境地。

例：我們如果設身處地為他想想，就不會對他那樣苛求了。

近 易身而處

貪小失大

因為貪小便宜，結果遭受損失。

例：她擠在人堆裏買便宜貨，結果丟失了錢包，真是貪小失大。

近 因小失大

貪生怕死

貪戀生存，畏懼死亡。

例：他貪生怕死，出賣自己的祖國，成為被人唾棄的叛徒。

又 貪生畏死　　反 視死如歸

貪心不足

貪得無厭，永不滿足。

例：你已經佔了那麼多便宜，別再貪心不足啦！

近 貪得無厭、巴蛇吞象
反 適可而止

貪贓枉法

貪污受賄，破壞法紀。

例：自從廉政公署成立之後，貪贓枉
法的罪案少了很多。

図 貪贓壞法
近 貪賄無藝　　反 廉法奉公

責無旁貸

自己應負的責任，不能推到別
人身上。

例：把孩子養育成人，身為父母的，
責無旁貸。

趾高氣揚

形容驕傲自滿，得意忘形。

例：他升作經理之後並沒有趾高氣揚，
仍舊與同事們相處得很融洽。

近 飛揚拔扈、目空一切
反 低首下心

逍遙法外

犯罪者未受法律制裁，仍自由
自在。

例：法律面前，人人平等，任何人犯
了罪都不能逍遙法外。

反 天網恢恢

通宵達旦

整整一夜到天亮。

例：搞周刊出版，通宵達旦地工作是
常有的事。

逢場作戲

指偶爾湊熱鬧消遣，並不認真。

例：唱卡拉 OK 我並不特別喜好，只
不過偶爾逢場作戲而已。

近 偶一為之　　反 習以為常

連篇累牘

形容篇幅過多，文辭冗長。

例：這本小説中，作者連篇累牘地敍
述故事的背景，看了使人生厭。

図 累牘連篇
近 長篇大論　　反 精簡扼要

異口同聲

表示眾人説法相同，意見一致。

例：阿強提議周末去野外燒烤，大家
都異口同聲地表示贊成。

原 異口同音
反 眾説紛紜、言人人殊

異想天開

形容想入非非，不切實際。

例：古人認為飛到月球上去是異想天
開的事。

近 想入非非、痴心夢想

野心勃勃

形容野心很大。

例：他湊足了資本就野心勃勃地去澳
洲經營，一心想賺大錢。

反 膽小如鼠

閉門造車

比喻不考慮客觀情況，只憑主觀辦事。

例：他這個人做事總是閉門造車，不失敗才怪呢！

陳詞濫調

陳舊空泛的論調。

例：那篇文章盡是些陳詞濫調，根本沒有什麼獨到的見解。

反 不落窠臼

雪中送炭

比喻在人急需時給以幫助。

例：他家不慎被火燒毀，多虧街坊鄰里雪中送炭，才迅速得以安頓。

反 落井下石、錦上添花

魚目混珠

比喻以假亂真。

例：他對古代書畫很有研究，魚目混珠的贗品他一看就能鑑別出來。

近 以假亂真、濫竽充數

魚貫而入

一個接一個進入的意思。

例：戲馬上要開演了，等候在入口處的觀眾出示了戲票，魚貫而入。

近 接踵而至

鳥語花香

形容春天美好的自然景象。

例：春天來了，公園裏處處鳥語花香。

反 花香鳥語

鳥盡弓藏

比喻成功後拋棄一同出過力的人。

例：那人可共患難而不可共安樂，和他合伙，小心鳥盡弓藏。

近 兔死狗烹、過河拆橋

麻木不仁

比喻漠不關心，反應遲鈍。

例：看到別人有困難，我們應該幫助，絕不能漠不關心，麻木不仁。

【十二畫】

勞苦功高

歷盡艱辛，立下大功。

例：葉先生為發展本公司業務，不辭辛勞地奔波，真是勞苦功高啊！

博聞強記

學識豐富,記憶力強。

例:漢代的司馬遷是一個博聞強記的
學者。

原 博聞強志

又 博聞強識　　**反** 孤陋寡聞

啼笑皆非

形容不知如何是好。

例:這場惡作劇,簡直把他弄得啼笑
皆非。

近 哭笑不得

善始善終

形容辦事認真。

例:他是個講信用和辦事認真的人,
做什麼事都是善始善終。

近 有始有終　　**反** 虎頭蛇尾

喜不自勝

形容喜歡之極。

例:爸媽聽到姐姐在國外學有所成,
自然是喜不自勝。

反 悲不自勝、怒不可遏、勃然大怒

喜出望外

所得超過所望,心裏非常高興。

例:那天參加抽獎比賽,竟獲得頭獎,
我不由喜出望外。

近 大喜過望

反 憂心忡忡、悲從中來

喜形於色

形容抑制不住內心喜悅。

例:哥哥喜形於色地告訴我們,這次
考試他得了全班第一名。

反 怒氣沖沖、怒火中燒、怒形於色

喜新厭舊

喜歡新的,討厭舊的。

例:五歲的弟弟有很多玩具,但老是
喜新厭舊,纏着媽媽給他買新的。

又 喜新厭故

近 見異思遷　　**反** 始終不渝

唾手可得

比喻非常容易得到。

例:偉大的成就是要付出巨大的勞動
才能獲取的,絕非唾手可得。

又 唾手可取

近 一蹴而就、垂手可得

喧賓奪主

比喻次要的壓倒主要的。

例:那篇遊記以大量篇幅描寫出發前
的準備,未免有喧賓奪主之嫌。

近 反客為主

喪盡天良

形容兇殘、歹毒到極點。

例:那些匪徒喪盡天良,不僅燒了他
的房子,還殺了他的家人。

近 喪心病狂

單刀直入

喻直截了當，不轉彎抹角。

例：他為人爽快，説話單刀直入，從
不拐彎抹角，也算得是快人快
語。

近 直截了當　　反 轉彎抹角

單槍匹馬

比喻單獨行動。

例：那幫流氓少説也有二十多個，你
單槍匹馬對付得了嗎？

又 匹馬單槍

反 人多勢眾、成羣結隊

富麗堂皇

形容建築物華麗而雄偉。

例：店員們把展覽廳佈置得富麗堂
皇，公司準備在那裏舉辦珠寶展
覽。

原 金碧輝煌

尋根究底

指追問一件事的原由。

例：對學習上碰到的每一個難題，他
都要尋根究底，弄個明白。

又 追根究底　　反 捨本逐末

循序漸進

依着次序前進。

例：學習要循序漸進，沒有捷徑可走。

近 按部就班

循規蹈矩

按照規則行事，亦形容拘泥保
守。

例：這孩子一向循規蹈矩，從來不用
大人操心。

近 規行矩步　　反 胡作妄為

循循善誘

善於有步驟地引導、教育。

例：方先生對學生總是循循善誘，學
生們都很敬重他。

悲天憫人

嘆息時局的艱辛，憐憫大眾的
疾苦。

例：她生來就有一副悲天憫人的心
腸，從不拒絕別人的求助。

悲歡離合

泛指生活中的各種遭遇。

例：大榕樹在這兒生長了上百年，閱
盡了人間的種種悲歡離合。

悶悶不樂

心事放不下，心裏不快活。

例：爸爸很忙，假日也不能帶他去玩，
所以他整天悶悶不樂。

近 鬱鬱寡歡　　反 喜形於色

惡貫滿盈

形容罪大惡極。

例：此人早已惡貫滿盈，這回撞車斃
命，真是老天有眼。

近 罪大惡極、罪惡滔天

惻隱之心

見人遭受不幸而引起的同情心。

例：很多人都會把錢施捨給乞丐，正
是惻隱之心，人皆有之。

掌上明珠

比喻深受父母疼愛的兒女。

例：劉小姐是獨生女，父母把她視為
掌上明珠，自幼嬌生慣養。

捶胸頓足

形容悲傷或悔恨時的情態。

例：兒子的死訊突然傳來。老人家不
由捶胸頓足，放聲大哭。

近 呼天搶地 　反 手舞足蹈

提心吊膽

形容十分膽心害怕。

例：我因為沒有溫習功課，上課時提
心吊膽的，怕老師提問到我。

反 懸心吊膽

近 牽腸掛肚、心驚膽戰

提綱挈領

比喻抓住關鍵，把問題簡明扼
要地提出來。

例：複習時，老師提綱挈領地把重點
講了一遍。

近 要言不煩

插翅難逃

即使插上翅膀也難逃脫。

例：警方佈下了天羅地網，那幾個歹
徒一定插翅難逃。

反 插翅難飛

揚長而去

丟下別人不管，大模大樣地離
去。

例：不知是誰駕駛汽車撞倒了人，竟
揚長而去，真是沒有道德！

反 徉長而去

揚眉吐氣

形容壓抑的心情得到舒展。

例：中國女排得了世界冠軍，她們總
算是揚眉吐氣了。

反 含垢忍辱

握手言歡

多指重新和好。

例：他倆吵架了，經過小林耐心的勸
解，終於又握手言歡了。

近 言歸於好

揮金如土

形容極端揮霍浪費。

例：那羣公子哥兒整天賭錢喝酒，揮金如土，什麼正經事兒也不幹。

近 揮霍無度　　**反** 愛財如命

揮灑自如

形容書寫作畫運筆自如。

例：她在紙上揮灑自如，一會兒，一幅墨荷圖便完成了。

朝氣蓬勃

形容生氣勃勃，充滿活力。

例：清晨，孩子們已經朝氣蓬勃地在場地上鍛煉身體了。

近 生氣勃勃　　**反** 暮氣沉沉

棋逢敵手

比喻爭鬥的雙方本領、力量相當。

例：這場籃球賽，甲乙兩隊棋逢敵手，打得很精采。

又 棋逢對手　　**近** 將遇良才

欺世盜名

欺騙世人，盜取名譽。

例：他義正詞嚴，揭穿了那些欺世盜名者的廬山真面目。

近 沽名釣譽

殘冬臘月

指一年將盡之時，亦指嚴冬時節。

例：每逢殘冬臘月，家家戶戶都會忙碌起來，準備過年。

反 盛夏溽暑

游刃有餘

形容技巧純熟，辦事輕鬆利落。

例：她曾是奧運體操金牌得主，要她當體操教練自是游刃有餘。

近 綽有餘裕　　**反** 力有不逮

游手好閒

游蕩懶散，不愛勞動。

例：每一個好青年都應該自食其力，不應該游手好閒，不務正業。

近 好逸惡勞

反 自食其力、埋頭苦幹

溫文爾雅

態度溫和，舉止文雅。

例：別看她平日舉止溫文爾雅，打起籃球來卻是生龍活虎的呢！

近 文質彬彬

溫柔敦厚

形容對人溫和厚道。

例：表姊溫柔敦厚，家中的長輩都很喜歡她。

反 尖酸刻薄

無中生有

形容憑空捏造，無此事實。

例：他為了破壞我的名聲，竟在背後無中生有，惡意中傷，真可惡。

近 無風起浪、憑空杜撰

無可奈何

一點辦法也沒有的意思。

例：他把字典遺失了，無可奈何，只好再買一本新的。

近 事非得已

無可非議

沒有什麼可以指責議論的。

例：像他這樣的人也只能夠這樣做，這在他是無可非議的。

近 無可厚非

無妄之災

意外的災禍。

例：昨天我路過那兒，竟然被高空墮物傷了額頭，真的是無妄之災！

反 無妄之禍　　近 飛來橫禍

無比自容

形容非常慚愧。

例：聽到人家提起他那些不光彩的往事，他羞愧得無地自容。

原 無地自厝　　反 無以自容

無足輕重

形容不值得重視。

例：在公司裏我只是個無足輕重的小人物，我的建議很難受到重視。

反 舉足輕重

無法無天

形容無惡不作。

例：這幫匪徒簡直無法無天，居然在光天化日之下攔路搶劫。

近 橫行無忌　　反 奉公守法

無拘無束

自由自在地不受約束。

例：我們來到鄉村度假，打算過一陣子無拘無束的生活。

近 自由自在

無往不利

處處行得通。

例：這項政策深得民心，所以執行起來無往不利。

近 一帆風順

無所事事

什麼也不幹，或沒事可做。

例：這位闊少爺整天無所事事，在外頭尋歡作樂，撩事生非。

近 游手好閒　　反 百務纏身

無所適從

不知聽哪一個好。

例：班長叫我抄壁報，副班長又叫我畫版頭，弄得我無所適從。

近 進退兩難　　反 左右逢源

無病呻吟

無緣無故地嘆息憂傷。

例：她整天無緣無故地對花流淚，對月傷感，真的是無病呻吟。

反 有感而發

無理取鬧

故意進行搗亂。

例：孩子們無理取鬧，做爸爸媽媽的，應該耐心說服教育。

近 無事生非　　反 據理力爭

無堅不摧

形容力量極其強大。

例：正義之師是無敵的，所到之處無堅不摧，無攻不克。

近 攻無不克

無微不至

連極細微之處都想到顧到。

例：母親出院之後，得到全家人無微不至的關心和照料，康復得很快。

近 體貼入微　　反 粗心大意

無關宏旨

指意義或關係不大。

例：他在這兒無足輕重，所以這個宴會他到場與否都無關宏旨。

図 不關宏旨

近 無關大體、無關緊要

無懈可擊

沒有弱點可予人攻擊。

例：這場足球賽，雙方勢均力敵，防守幾乎都是無懈可擊。

図 無瑕可擊

近 天衣無縫　　反 漏洞百出

無獨有偶

兩件事恰巧相同。

例：這兩件交通事故，發生地點竟完全相同，真是無獨有偶！

近 非此一端

反 天下無雙、絕無僅有

無濟於事

對事情毫無補益。

例：平時不抓緊時間學習，到考試才臨時抱佛腳，當然無濟於事。

近 於事無補

焦頭爛額

比喻極為狼狽的情況或境遇。

例：近日這一區的罪案日增，把負責治安的官員搞得焦頭爛額。

近 狼狽不堪

畫蛇添足

喻多餘的舉動，不但無益反而害事。

例：他已經把事情講得很清楚，我就不再畫蛇添足了。

近 多此一舉　　反 畫龍點睛

畫餅充饑

比喻徒有虛名而不實用。

例：空想是不行的，畫餅充饑解決不了問題，咱們還是先幹起來吧！

近 望梅止渴

畫樑雕棟

形容房屋建築富麗堂皇。

例：這座鄉間的祠堂竟然也是畫樑雕棟，十分富麗堂皇。

又 畫棟雕樑

近 雕欄玉砌　　反 蓬門華戶

痛不欲生

悲痛到極點，不想再活下去。

例：王老太太喪失愛子，痛不欲生，傷心得昏了過去。

近 悲不自勝　　反 歡天喜地

痛改前非

徹底改正以前的錯誤。

例：經過先生的一番教導，他決心痛改前非，重新做人。

近 改過自新　　反 執迷不悟

發人深省

使人深深地覺悟。

例：他的一番話發人深省，使我受益匪淺。

又 發人深醒　　近 暮鼓晨鐘

發揚光大

使好的作風等得到更大的發展。

例：人與人之間團結互助的精神應該發揚光大。

發憤圖強

竭盡全力，以求強盛。

例：校長希望我們能發奮圖強，為社會作出有益的貢獻。

近 奮發有為　　反 自暴自棄

短小精悍

形容人身材短小而精明強幹，亦指文章、發言等簡短有力。

例：報上應多刊登短小精悍的文章。

又 短小精幹

近 簡明扼要　　反 長篇大論

稍縱即逝

形容時間或機會等很容易過去。

例：時間是稍縱即逝的，我們要珍惜每一秒鐘，加緊學習。

又 少縱即逝　　近 白駒過隙

窗明几淨

形容屋裏明亮，器物潔淨。

例：這個房間打掃得窗明几淨，光線
又好，給人以清新舒適的感覺。

童顏鶴髮

形容老人神采奕奕，精神煥發。

例：徐先生之父年登古稀，但童顏鶴
髮，看起來還十分精神。

又 鶴髮童顏　　反 老態龍鍾

等閒視之

把它看得很平常，不予重視。

例：孩子說謊是不良習慣，切不可等
閒視之，聽任其發展下去。

近 漠然置之

絡繹不絕

車馬、行人來來往往，接連不
斷。

例：這裏有一座廟宇，每天來燒香拜
佛的人絡繹不絕。

近 川流不息

華而不實

外表好看，內裏不實在。

例：在工作上要講求實際，華而不實
的作風是要不得的。

萍水相逢

比喻偶然遇見。

例：我和他只是萍水相逢，完全不知
道他的底細。

近 邂逅相遇

虛張聲勢

並無實力，擺空架子嚇唬人。

例：那家公司只有幾個職員，對外卻
虛張聲勢，說有幾十個人。

反 不露聲色

虛與委蛇

對人假意敷衍應酬。

例：她不想和他結交，也不想得罪他，
只好勉強應付，虛與委蛇。

近 敷衍應付

虛懷若谷

形容十分謙虛。

例：方教授虛懷若谷，從不盛氣凌人，
大家都願意向他請教。

反 夜郎自大、自高自大

鈎心鬥角

比喻各用心機，明爭暗鬥。

例：為了爭取經理的位置，他們鈎心
鬥角，各逞所能。

又 勾心鬥角　　反 同心協力

貽笑大方

被學者或行家譏笑。

例：我的文章寫得不好，難免貽笑大方，請大家多多指教。

原 見笑大方

趁火打劫

比喻在別人有危險時去撈好處。

例：他人有難時，應給予幫助，切不可趁火打劫。

又 乘火打劫

越俎代庖

比喻越權行事或包辦代替。

例：處理信件是秘書的事務，我是打字員，怎麼可以越俎代庖呢？

量入為出

根據收入的情形來定開支的限度。

例：他們的收入不多，但能量入為出，月月有結餘。

近 精打細算

反 入不敷出、寅吃卯糧

量力而行

按照自己力量大小來做。

例：你身體不好，跑步這類活動還是量力而行吧！

反 螳臂當車、自不量力

量體裁衣

比喻辦事要依據實際情況。

例：俗話說：「量體裁衣」，我們無論做什麼事都要看情形辦理。

近 看菜吃飯

開門見山

直截了當地表達意思。

例：他一見到我，就開門見山地說明了來意。

近 開宗明義　　反 轉彎抹角

開源節流

增加收入，節省開支。

例：現在正是經濟蕭條的時候，你們要開源節流，渡過這個難關。

反 鋪張浪費

閒情逸致

與正事無關的閒散心情和興致。

例：明天要考試，誰還有閒情逸致去釣魚呢？

近 優哉游哉

陽奉陰違

表面聽從，暗地裏違背。

例：這位官員由於對上司的指示陽奉陰違，終於被革職查辦。

近 言行相詭　　反 言行一致

129

雄心壯志

遠大的理想，宏偉的志願。

例：他年紀雖小，卻立下雄心壯志，長大要當個對社會有貢獻的人。

反 心灰意懶、心灰意冷

雅俗共賞

文化水平高的和低的人都能欣賞。

例：最近興起的單口相聲，是一種雅俗共賞的娛樂表演。

反 曲高和寡

集腋成裘

比喻積少成多。

例：別看「賣旗」收一元兩元的，集腋成裘，全港捐助就不是小數字。

原 聚沙成塔

順手牽羊

比喻乘便獲得，不費力氣。

例：那婦人離開商店時，順手牽羊，把那件玉器陳列品帶走了。

順水推舟

比喻順勢行事，因利乘便。

例：我本不想走，既然他倆挽留我，我便順水推舟地答應留下了。

又 順手推船

飲水思源

不忘本的意思。

例：我們兄弟今天事業有成，飲水思源，都是靠父母昔日辛苦栽培。

反 數典忘祖

飲泣吞聲

形容強忍內心痛苦，不敢公開表露。

例：她受到別人打擊，找不到人申訴，只好飲泣吞聲。

又 吞聲飲泣　　近 忍氣吞聲

飲鴆止渴

比喻圖解決一時困難而不顧嚴重後果。

例：因情緒低落而去吸毒，這種做法只是飲鴆止渴而已。

近 抱薪救火

【十三畫】

亂七八糟

沒有條理，亂糟糟的。

例：孩子們很好動，一回家就把房間搞得亂七八糟。

近 凌亂不堪　　反 井井有條

傷天害理

形容做事殘忍，滅絕人性。

例： 那幫人毆打災民，還搶去了他們
的救濟金，真是傷天害理。

近 喪盡天良、慘無人道

傷風敗俗

敗壞風俗的意思。

例： 他是一位謹言慎行的君子，絕不
會幹這種傷風敗俗的醜事。

傾家蕩產

把全部家產搞光。

例： 賭博弄得他傾家蕩產，最後連妻
子兒女都離開了他。

又 傾家敗產　　**反** 興家立業

勢不兩立

不能共存的意思。

例： 我們和那些為非作歹的惡棍是勢
不兩立的。

近 誓不兩立、冰炭不容

反 水乳交融

勢不可當

來勢迅猛，無法抵擋。

例： 洶湧澎湃的潮水如千軍萬馬，滾
滾而來，勢不可當。

近 勢如破竹　　**反** 大勢已去

勢均力敵

雙方的力量相等之意。

例： 今天這場足球賽緊張極了，雙方
勢均力敵，不分勝負。

原 力敵勢均

近 旗鼓相當、不相伯仲

想方設法

想種種辦法。

例： 雖然這場電影票都賣完了，我還
是想方設法取到了兩張票子。

近 千方百計

愁眉苦臉

形容憂愁、苦惱、焦急時的神色。

例： 他愁眉苦臉地告訴我，他的錢包
和證件都遺失了。

近 愁眉不展

反 眉開眼笑、笑逐顏開

意氣用事

只憑個人的感情辦事情。

例： 這件事關係重大，你去處理的時
候千萬不可意氣用事。

近 感情用事

愛不釋手

對某一種東西愛到不肯放手的
地步。

例： 這是一本好書，才看了一章，已
令我愛不釋手。

近 愛不忍釋　　**反** 棄如敝屣

愛莫能助

內心愛惜、同情而無力幫助。

例：她的遭遇很不幸，遺憾的是，我收入菲薄，對她愛莫能助。

原 愛莫助之　　**近** 有心無力

感激涕零

感激萬分，連眼淚都落下來了。

例：提起蔡翁的大恩大德，李先生一家人莫不感激涕零。

近 沒齒不忘、感恩戴德

搖搖欲墜

形容非常危險，就要掉下來或垮下來。

例：地震使大部分房屋倒塌了，未倒的也是搖搖欲墜。

近 岌岌可危

反 堅不可摧、穩如泰山

敬而遠之

表面上表示恭敬，實際上不願接近。

例：叔叔脾氣乖戾，我們都對他敬而遠之。

敬業樂業

敬重和熱愛自己從事的職業。

例：胡適先生在一篇演說中，教誨我們走上社會之後要敬業樂業。

源源不絕

形容接連不斷。

例：香港是個國際性的貿易港口，每天都有各國貨物源源不絕地運來。

原 源源而來

又 源源不斷　　**反** 斷斷續續

滄海一粟

形容非常渺小。

例：我收藏的畫與博物館的相比，只不過是滄海一粟罷了。

近 九牛一毛　　**反** 盛千累萬

滄海桑田

比喻世事變化很大。

例：這兒曾繁華一時，如今卻荒涼冷落，真是滄海桑田，變化真大！

又 桑田滄海

煥然一新

形容出現了嶄新的面貌。

例：我們利用假日粉刷了牆壁，把家裏佈置得煥然一新。

反 依然如故

瑕瑜互見

比喻優點缺點都有。

例：業餘攝影展覽會上的作品瑕瑜互見，給人以不少啟發和借鑒。

當機立斷

在重大事情上能作出決定。

例：這是生死存亡的關頭，再不當機立斷，後果就不堪設想啊！

原 應機立斷

反 優柔寡斷、舉棋不定

當頭棒喝

促使人醒悟的警告或打擊。

例：校長的一番告誡，猶如當頭棒喝，令我猛然醒悟。

又 當頭一棒

碌碌無為

平平庸庸，無所作為。

例：少壯如不努力，到了老年，我們便會為一生碌碌無為而羞愧。

近 碌碌無能、無所作為

反 大有作為

置若罔聞

形容不予理會。

例：對老師的忠告，我們要好好想一想，不要置若罔聞。

近 置之不理、充耳不聞

羣龍無首

比喻沒有領頭的人。

例：大家都聽你的。你不去，豈不是羣龍無首了嗎？

義不容辭

於情於理都不允許推辭。

例：搶救病人的生命是醫生義不容辭的職責。

近 義無反顧、當仁不讓

反 見利忘義

義正辭嚴

理直氣壯，措辭嚴厲。

例：這篇社論義正辭嚴地痛斥了某些人賣國求榮的無恥行徑。

又 辭嚴義正　　反 理屈辭窮

義憤填膺

滿腔憤怒的意思。

例：全世界人民對那幫劫機者殘酷殺害人質的罪行，無不義憤填膺。

又 義憤填胸　　反 無動於衷

與人為善

指善意幫助人。

例：方老伯一向與人為善，和左鄰右舍都能和睦相處。

反 刻薄寡恩

與日俱增

形容不斷增長。

例：他倆下班後常常到海邊去散步，兩人的感情正與日俱增。

萬人空巷

城市羣眾一時聚集，形容歡迎、慶祝等盛況。

例：偶像巨星所到之處，萬人空巷，爭睹風采。

近 人山人海

萬古長青

比喻人的精神或友誼永遠存在。

例：為正義而戰的烈士雖死猶生，他們的精神萬古長青。

又 萬古長春

萬家燈火

形容夜晚降臨。

例：從城門水庫回來，車入市區，已是萬家燈火的時候了。

近 華燈初上

萬紫千紅

形容百花齊放的春景。

例：春天來了，公園裏的花萬紫千紅，吸引了無數遊客。

又 千紅萬紫　　近 姹紫嫣紅

萬眾一心

形容團結一致。

例：我們必須萬眾一心，才能抵抗外來侵略。

原 萬人一心

反 一盤散沙、各不相謀

萬無一失

絕對有把握的意思。

例：這些首飾，你怕放在家裏不安全，放進銀行保險櫃就萬無一失了。

原 萬不失一

又 百不失一　　反 破綻百出

萬壽無疆

萬年長壽，永遠生存。

例：祖母生日的那天，我們為她訂了個大蛋糕，祝賀她萬壽無疆。

近 壽比南山　　反 朝生暮死

萬籟無聲

形容環境非常寂靜。

例：在萬籟無聲的深夜，他還在孤燈下辛勤攻讀。

又 萬籟俱寂　　近 闃寂無聲

落花流水

指零落衰敗，亦指被打得大敗。

例：我軍一鼓作氣，把進犯的敵人打得落花流水，大敗而逃。

又 流水落花　　近 一敗塗地

落拓不羈

形容性情曠達，不受拘束。

例：這個畫家的畫，氣勢豪放，看來是與他落拓不羈的性格分不開的。

近 放蕩不羈　　反 謹小慎微

落落大方

形容人的心胸坦率，舉止得體。

例： 教授的夫人落落大方，而且平易
近人，對我們十分親切。

反 侷促不安

惹是生非

招惹是非，引起爭吵。

例： 弟弟不愛讀書，還常在外面惹是
生非，爸爸媽媽十分操心。

又 惹事生非

反 循規蹈矩、安分守己

裝腔作勢

形容做作。

例： 那個演員太過裝腔作勢，表現不
出諸葛亮那種儒雅、瀟灑的風度。

又 拿腔作樣　　**近** 裝模作樣

裝聾作啞

形容故意不理或只當不知。

例： 你明知這件事的來龍去脈，為什
麼裝聾作啞不吭一聲？

又 裝聾做啞

節外生枝

喻本來的事情外，又發生新的
問題。

例： 這件事快解決了，但願不要於節
外生枝吧！

原 節上生枝

節衣縮食

衣食節儉的意思。

例： 父母節衣縮食，以維持我們兄弟
三人的教育費。

近 省吃儉用

反 錦衣玉食、窮奢極侈

詩情畫意

美如詩畫中的境界一般。

例： 在月夜下漫步海灘，真有說不盡
的詩情畫意。

詭計多端

形容陰險狡猾，壞主意很多。

例： 他這個人詭計多端，你千萬不要
信他的話。

話不投機

話說不到一起，意見不合。

例： 我和她話不投機，始終談不到一
塊，見面只是打打招呼而已。

誠惶誠恐

形容十分害怕，非常謹慎。

例： 聽說校長要見我，我誠惶誠恐地
走進了校長室。

近 戰戰兢兢　　**反** 若無其事

趑趄不前

形容碰到困難，不敢前進。

例：膽怯的人，在困難面前往往是趑趄不前。

近 裹足不前　　反 勇往直前

路不拾遺

形容社會風尚良好。

例：這個偏僻的小鎮民風很好，正所謂路不拾遺，夜不閉戶。

原 道不拾遺　　近 夜不閉戶

過目成誦

形容記憶力強。

例：學習若不注意分析理解，即使能過目成誦，也未必學得好。

原 過目不忘　　近 耳聞則誦

過河拆橋

比喻不念舊情，達到目的後將人踢開。

例：他為我出過不少力，我不能過河拆橋不理人家啊！

近 鳥盡弓藏、兔死狗烹

道貌岸然

形容神態莊嚴。

例：作者在他的文章裏，對一些外表道貌岸然的人，作了辛辣的諷刺。

反 岸然道貌

近 一本正經　　反 嘻皮笑臉

隔岸觀火

比喻見人遇難不救助，站在一邊看熱鬧。

例：他倆吵得那麼厲害，你卻隔岸觀火，不去勸解！

近 袖手旁觀、作壁上觀

反 拔刀相助

隔靴搔癢

比喻言不中肯，沒觸及要害。

例：要調解雙方的爭端，只説些隔靴搔癢的話是無法解決問題的。

反 百必有中

飽食終日

整天吃飽飯什麼也不幹。

例：你應該出去找一份職業，坐在家裏飽食終日，不會有什麼出路。

近 無所事事

飽經風霜

形容經過長期艱苦困難的生活。

例：看到我的學習成績那麼優異，父親飽經風霜的臉上露出了笑容。

反 驕生慣養

【十四畫】

兢兢業業

形容做事謹慎，勤懇。

例：他對工作兢兢業業，幾十年如一日。

反 粗心大意

嘔心瀝血

指費盡心思。

例：這本書是那位名作家嘔心瀝血寫出來的，情節非常動人。

近 煞費心機

圖窮匕見

比喻計謀完全敗露。

例：匪徒們一直想暗中謀害他，終於圖窮匕見，露出了猙獰的面目。

夢寐以求

形容迫切期望。

例：他獲得了博士學位，這是他夢寐以求的，如今終於得償所願。

近 朝思暮想

察言觀色

從觀察言語臉色揣摸別人心思。

例：我們的老師很會察言觀色，我們有什麼心思都瞞不了他。

近 鑒貌辨色

寡廉鮮恥

形容不知廉恥。

例：當漢奸的都是寡廉鮮恥之輩，為自家安全而不惜出賣民族利益。

近 厚顏無恥

實事求是

指對待事物要從實際情況出發。

例：老師問我有關那天打架的事，我實事求是地說了。

反 虛假浮誇

寥寥無幾

非常稀少，沒有幾個。

例：現在，能作古詩詞的人已經不多，作得好的更是寥寥無幾。

近 寥若晨星

反 多如牛毛、星羅棋佈

寧死不屈

寧可死，決不向敵人屈服。

例：文天祥寧死不屈，表現了崇高的民族氣節。

近 視死如歸　**反** 貪生怕死

屢見不鮮
表示多次見到，已不覺新奇。

例：如今在香港，名牌小轎車失竊的事屢見不鮮。

近 司空見慣　　反 千載難逢

對牛彈琴
比喻對不懂道理的人大談道理。

例：這班人識字不多，對他們講修辭學，不是對牛彈琴麼？

對答如流
回答問話像流水一樣迅速、流暢。

例：校長見這位考生對答如流，心中自是喜歡。

原 應答如流

近 口若懸河　　反 期期艾艾

慘絕人寰
世上再沒有比這更慘的了。

例：當年日本侵略軍曾在南京進行了一次慘絕人寰的大屠殺。

近 慘無人道

慢條斯理
形容說話或做事慢騰騰的。

例：就算你急死也沒用，李先生辦事就是這樣慢條斯理的。

近 從容不迫、姍姍來遲

反 迫不及待

榮華富貴
喻興盛或顯達，指有錢財地位。

例：他拋棄了榮華富貴的生活，到山村當了一名小學教師。

又 富貴榮華　　反 窮困潦倒

旗鼓相當
比喻彼此力量相等。

例：這兩個球隊的實力旗鼓相當，比賽一定十分激烈。

近 勢均力敵

暢所欲言
痛快地把要說的話都說出來。

例：會上，大家暢所欲言，氣氛顯得很熱烈。

反 吞吞吐吐

滾瓜爛熟
形容背書背得流利，熟到極點。

例：這個女孩子才唸幼稚園，已把乘法口訣背得滾瓜爛熟了。

滿城風雨
比喻事情傳遍各地，到處議論紛紛。

例：報紙報道了那條聳人聽聞的消息，搞得滿城風雨。

滿載而歸

比喻收穫很大。

例：這次郊遊，我們採集了許多植物標本，回家時大家都是滿載而歸。

反 一無所得、一無所獲

滿腹經綸

一肚子才學。

例：有些人自以為滿腹經綸，可是遇到實際問題卻一籌莫展。

近 學富五車

反 才疏學淺、胸無點墨

睡眼惺忪

形容睡覺的人剛醒，還未完全清醒。

例：孩子剛起牀，睡眼惺忪地坐在牀沿，連連打着呵欠。

爾虞我詐

形容互相欺騙。

例：那兩個經紀，為了爭生意，表面上客客氣氣，背地裏卻爾虞我詐。

反 開誠佈公、推心置腹

碩大無朋

形容巨大無比。

例：碩大無朋的河馬為了躲避暑氣，往往愛浸在水裏不肯出來。

近 龐大無比　　**反** 嬌小玲瓏

稱心如意

完全合乎心意。

例：她厭倦了都市生活，來鄉間後，寧靜的鄉村生活倒使她稱心如意。

近 心滿意足、正中下懷

管窺蠡測

比喻對事物的觀察和瞭解很片面。

例：我不瞭解全面情況，說的只能是一些管窺蠡測的意見。

近 管中窺豹

精打細算

形容計算得十分細緻。

例：公司發展了，還是要精打細算；凡屬不合理開支，一個錢也不准花。

反 揮霍無度、鋪張浪費

精益求精

已經好了，要求更好。

例：他做事認真，對技術精益求精，不到二年，就被提拔成為技術員。

反 因陋就簡

蒼翠欲滴

形容草木等綠油油，仿佛飽含水分。

例：放眼望去，山坡上的樹木蒼翠欲滴，迷人極了。

蜻蜓點水

比喻做事不深入。

例：我說到過夏威夷，不過只是蜻蜓點水，在那兒待了幾小時而已。

近 浮光掠影

裹足不前

形容停步不前進。

例：遇到一點困難，你就裹足不前，這怎麼能求得學問呢？

近 停滯不前　　反 勇往直前

語重心長

言辭誠懇，情深意長。

例：聽了老師一番語重心長的話，我們更感到自己應認真讀書。

近 情深意長　　反 虛情假意

語無倫次

說話顛三倒四，沒有條理。

例：他回答老師的問題時，太緊張了，弄得結結巴巴，語無倫次。

近 雜亂無章　　反 頭頭是道

誨人不倦

耐心教人，不知疲倦。

例：由於先生教學認真、誨人不倦，學生們十分敬重他。

近 諄諄告誡

貌合神離

表面上親近，內心疏遠。

例：他們兩個表面上稱兄道弟，實際上卻是貌合神離，明爭暗鬥。

近 同牀異夢　　反 心心相印

賓至如歸

形容受到很好的招待。

例：這家旅館服務周到，凡在這兒住的旅客都有賓至如歸的感覺。

輕舉妄動

不經仔細考慮，隨便地採取行動。

例：警方在沒有弄到證據之前，不敢輕舉妄動，隨便抓人。

近 魯莽滅裂　　反 三思而行

輕歌曼舞

歌舞輕快和諧，優美動人。

例：那天，她在臺上的舞姿，讓人以為是古代少女在輕歌曼舞。

遠走高飛

指擺脫困境，跑到遠方去。

例：這兒不是久留之地，快跟我遠走高飛，到別處去謀生吧。

遠見卓識

遠大的目光，卓越的見解。

例：蘇教授具有遠見卓識，他推薦的
學生後來都成了有名的科學家。

近 高瞻遠矚

反 目光如豆、鼠目寸光

魂飛魄散

形容驚恐萬狀。

例：妹妹一聽到打雷，就嚇得魂飛魄
散，躲進了媽媽的懷裏。

近 魂不附體　　反 神色自若

鳳毛麟角

比喻珍貴而稀有的人或事物。

例：那個地方讀過大學的人很少，到
外國留過學的更是鳳毛麟角。

近 稀世之珍

反 車載斗量、俯拾即是

齊心協力

眾人一心，共同努力。

例：這件事雖然難辦，但只要大家齊
心協力，就不愁辦不成。

反 各行其是

肅然起敬

形容嚴肅、敬仰的感情。

例：看到先生認真的教學態度，我們
不由對他肅然起敬。

【十五畫】

價值連城

形容物品極端珍貴。

例：你別小看了這幅古畫，它可是價
值連城的呢！

近 無價之寶

反 賤如糞土、不值一文

價廉物美

價錢低，東西好。

例：這件小擺設我是從小攤上買來的，
只花了十塊錢，真是價廉物美。

近 貨真價實

噓寒問暖

形容對別人的生活十分關切。

例：祖母關心我在美國的生活，來信
總是噓寒問暖，無微不至。

近 關懷備至　　反 漠不關心

憤世嫉俗

對社會的不合理現象感到憤恨。

例：因為個人遭遇的不幸，有些人憤
世嫉俗，有些人玩世不恭。

又 憤世嫉邪

墨守成規

死守老的規矩。

例：我們做事應該發揮創造性，不墨守成規，才會有進步。

近 陳陳相因　　反 另闢蹊徑

嬌生慣養

從小就被溺愛、嬌養慣了。

例：這孩子嬌生慣養，什麼事也幹不來。

反 飽經風霜

寬宏大量

形容待人寬厚，度量很大。

例：楊先生待人素來寬宏大量，從不斤斤計較，你不必顧慮太多。

又 寬宏大度　　反 睚眥必報

層出不窮

接連出現，沒有盡頭。

例：那個雜技演員表演，花樣層出不窮，觀眾讚嘆不已。

近 變化多端

廢寢忘食

形容非常專心努力。

例：上次考試失敗後，他便廢寢忘食地溫習，這次考試終於名列前茅。

又 廢寢忘餐

德高望重

品德高尚，聲望很大。

例：張老先生德高望重，大家都很尊敬他。

反 德薄能鮮

憂心如焚

憂愁得心裏像火燒一樣。

例：看到母親病情惡化，孩子們都憂心如焚。

近 憂心忡忡　　反 高枕無憂

摩肩接踵

形容來往的人多，很擠。

例：聖誕節期間，這個購物區欣賞燈飾的人成千上萬，摩肩接踵。

又 肩摩踵接

近 比肩繼踵　　反 三三兩兩

撫今追昔

從現在回想到以前。

例：他和失散多年的妻子團聚時，兩人都老了，撫今追昔，不勝感嘆。

近 回首前塵

撲朔迷離

形容事情複雜，不知底細。

例：這部電影的情節撲朔迷離，高潮迭起，大家看了都很過癮。

又 迷離撲朔　　近 雌雄莫辨

數典忘祖

比喻忘本或對本國歷史的無知。

例：我們應該瞭解中國的歷史，否則
會鬧出數典忘祖的笑話。

反 飲水思源

暴殄天物

泛指任意糟蹋物品。

例：糧食是農民辛苦種出來的，我們
絕不能暴殄天物，隨意浪費。

暴跳如雷

形容大怒大吼的樣子。

例：看到自己的汽車被撞壞了，他氣
得暴跳如雷。

近 七竅生煙　　**反** 平心靜氣

樂不思蜀

形容留戀而忘返。

例：度假村裏風光迷人，我們簡直有
點兒樂不思蜀，不想回香港了。

近 流連忘返　　**反** 歸心似箭

樂此不疲

形容對某事特別愛好而沉浸其
中。

例：他學會游泳後，便樂此不疲，幾
乎天天到海邊去玩水。

反 喜新厭舊

樂善好施

形容人心地好，愛做善事。

例：他樂善好施，經常幫助人，街坊
鄰里都很尊敬他。

近 慈悲為懷　　**反** 一毛不拔

樂極生悲

快樂到了極點，轉而發生悲哀
的事。

例：小弟爬樹得意忘形，一失足摔斷
了腿，真是樂極生悲。

反 苦盡甘來

潛移默化

指人的思想、習性在不知不覺
中受影響而變化。

例：電影會對民眾起到潛移默化的作
用。

原 潛移暗化

潔身自好

保持純潔，不同流合污。

例：在這人慾橫流的社會環境中，你
要特別注意潔身自好。

近 守身如玉　　**反** 同流合污

熟能生巧

熟練了，就能找到竅門。

例：她過去有空就學編織，現在是熟
能生巧，五天就能織一件毛衣。

近 工多藝熟

熟視無睹

形容對某一事物漫不經心，不予過問。

例：對於破壞公物的現象，我們不應該熟視無睹。

原 熟視不睹　　近 視若無睹

窮兇極惡

極其兇惡。

例：像這樣窮兇極惡、滅絕人性的冷血匪徒，死有餘辜。

窮困潦倒

生活貧困，失意頹喪。

例：他失業後便窮困潦倒，靠借債度日。

又 窮愁潦倒　　反 飛黃騰達

窮途末路

形容極困窘的境況。

例：即使我們身處窮途末路的境況，也不可以喪失求生的意志。

又 末路窮途　　反 前途似錦

窮鄉僻壤

偏僻荒遠的小地方。

例：她十年如一日地在窮鄉僻壤當小學教師，培養出了不少好學生。

反 通都大邑

窮奢極欲

任意揮霍，盡情享樂。

例：這樣窮奢極欲地揮霍，就是再大的家產，也會揮霍完的。

又 窮奢極侈　　反 克勤克儉

緣木求魚

比喻方向或方法不對，勞而無功。

例：在乾旱地區種水稻，無異緣木求魚，自然是勞而無功了。

近 刻舟求劍　　反 按圖索驥

蓬頭垢面

形容面容憔悴、骯髒，生活貧苦。

例：垃圾箱旁，那個蓬頭垢面的乞丐不知在檢拾些什麼？

反 容光煥發、塗脂抹粉

調兵遣將

泛指調配人力。

例：這個廠雖然人手不夠，但廠長善於調兵遣將，把生產安排得很好。

諄諄告誡

懇切耐心地規勸。

例：先生總是諄諄告誡我們，要發奮用功，才能學到本領。

近 循循善誘

談虎色變

比喻一提到可怕的事物，精神就緊張起來。

例：遭遇過那次水災的災民，一提洪水就談虎色變。

談笑風生

形容善於談吐，有吸引力。

例：他一到場，你就可以看見他談笑風生，使在座的人也活躍起來。

反 沉默寡言

適可而止

到了適當的程度就停下來。

例：我們的收入有限，娛樂性的花費就得適可而止。

反 貪求無饜、得寸進尺、得隴望蜀

適得其反

結果恰恰相反之意。

例：我原想打那隻偷食的貓，結果卻適得其反，反被貓狠狠抓了一爪。

近 事與願違

鄭重其事

把事情看得很重大。

例：她鄭重其事地告訴我，她預備找一份工作做，以補貼家用。

反 輕描淡寫

醉生夢死

像喝醉酒或做夢一樣地生活着。

例：燈紅酒綠，醉生夢死的生活是我們青年人應該唾棄的。

反 醉死夢生

銷聲匿跡

指隱藏起來，不公開露面。

例：自從他離開政壇之後，便銷聲匿跡，不再在公眾場合出現了。

反 匿跡銷聲
近 隱姓埋名　　**反** 招搖過市

鋌而走險

走投無路而冒險。

例：許多做壞事的人都辯稱，是因為走投無路，才鋌而走險。

鋒芒畢露

為人驕傲，好表現自己。

例：他最大的缺點是不虛心，處處表現自己，鋒芒畢露。

反 深藏若虛

養尊處優

處於尊貴的地位，過着優裕的生活。

例：他一向養尊處優，偶爾勞動一下，就叫苦不迭了。

養精蓄銳

泛指積蓄力量。

例：這個球隊作短期休息，養精蓄銳，
　　準備再一次的比賽。

鴉雀無聲

形容非常安靜。

例：校長一登上講台，鬧哄哄的會場
　　立刻變得鴉雀無聲了。

🈅 鴉雀無聞

🈑 萬籟俱寂　　🈲 人聲鼎沸

【十六畫】

噤若寒蟬

比喻不敢作聲。

例：孩子們從未見過爸爸這麼生氣，
　　一個個噤若寒蟬，不敢作聲。

🈑 三緘其口

🈲 喋喋不休、口若懸河

奮不顧身

不顧危險，奮勇直前。

例：消防隊員奮不顧身地再次衝進火
　　海，救出了三歲的孩子。

🈲 膽小怕死　　🈲 臨陣退縮

操之過急

辦事過於急躁。

例：此事不可操之過急，得從長計議
　　才是。

🈲 從長計議、按部就班

曇花一現

比喻美好事物一出現就迅速消
逝。

例：歡樂只如曇花一現，過後又是沒
　　有盡頭的痛苦和悲傷。

🈑 稍縱即逝

橫行霸道

依靠權勢胡作非為。

例：公園是供大眾休憩的地方，絕不
　　允許流氓在此橫行霸道。

🈑 橫行無忌　　🈲 含垢忍辱

機不可失

機會不可錯過。

例：美國馬戲團已來此地演出，你想
　　看快去看吧，機不可失啊！

🈑 時不再來　　🈲 坐失良機

歷歷在目

清晰地呈現在眼前。

例：回想童年時光，母親在月夜為我
　　們講故事的情景還歷歷在目。

🈑 記憶猶新

燈蛾撲火

比喻自取滅亡。

例：你要和這種有勢力的人鬥，豈不
是燈蛾撲火？

近 自取滅亡

獨當一面

獨自擔當一方面的工作。

例：經過幾個月的實踐，他已經可以
獨當一面地處理業務了。

積重難返

積習太深，難以改變。

例：社會潮流如此，這積重難返的惡
習你一朝一夕能革除得了麼？

近 積羽沉舟

積勞成疾

因過度勞苦而生病。

例：叔叔由於長期辛苦工作，終於積
勞成疾，得了肺病。

興風作浪

比喻無事生非，挑起事端。

例：你明知他倆不和，卻還從中挑撥，
興風作浪，這太不應該了！

又 興波作浪

近 惹事生非　　反 息事寧人

興致勃勃

形容興致很濃。

例：陰曆八月十八那天，我們興致勃
勃地到錢塘江邊去觀潮。

近 興高采烈　　反 無精打彩

舉一反三

從懂得一點類推而知其他事。

例：我不可能講得面面俱到，重要的
是你能舉一反三，觸類旁通。

近 觸類旁通、聞一知十

舉目無親

形容人地生疏。

例：我們初到此地，舉目無親，多虧
他們的幫助，我們才得以安身。

近 人地生疏

舉足輕重

形容一舉一動都關係到全局。

例：父母的言傳身教，在孩子成長的
過程中起着舉足輕重的作用。

反 無足輕重

舉棋不定

比喻拿不定主意。

例：明天是假期，到底是去公園呢還
是去海邊，我至今舉棋不定。

近 猶豫不決　　反 當機立斷

融會貫通

融合貫穿各方面的道理，得到系統透徹的理解。

例：學習各門課程要融會貫通，達到全面瞭解。

反 生吞活剝　　**反** 囫圇吞棗

親密無間

形容親密無隔閡。

例：他和每個同學都能做到親密無間，無話不談。

近 相親相愛　　**反** 不共戴天

諱莫如深

隱瞞得很緊，恐怕別人知道。

例：對過去的一段經歷，他一直諱莫如深。

反 直言不諱

諱疾忌醫

比喻掩飾缺點、錯誤，怕人批評。

例：誰能夠不犯過錯？只要不諱疾忌醫，改過了還是好同學。

近 文過飾非、拒諫飾非

反 聞過則喜

隨心所欲

任憑自己的意願，想要怎樣就怎樣。

例：你這樣隨心所欲，為所欲為，很快會走上犯罪道路的。

近 恣意妄為　　**反** 循規蹈矩

隨遇而安

無論遇到什麼環境，都能適應並感到滿足。

例：她生性隨和，無論在什麼環境，都能隨遇而安。

反 格格不入

隨機應變

隨着形勢的變化，靈活應付。

例：他是個網球高手。能針對對手的特點，隨機應變，取得勝利。

又 臨機應變　　**近** 相機行事

隨聲附和

形容毫無主見，一味盲從。

例：別人提出意見，我們要仔細考慮，不要隨聲附和。

近 人云亦云

錦上添花

比喻好上加好。

例：「錦上添花人人有，雪中送炭一個無」一語道破了世間人情冷暖。

反 雪中送炭

錦衣玉食

形容奢侈、豪華的生活。

例：這樣的富家小姐，從小錦衣玉食，享福慣了，如何吃得起苦？

近 鮮衣美食　　**反** 粗茶淡飯

錯綜複雜

形容頭緒繁多，情況複雜。

例：這些數學公式看去錯綜複雜，但貫穿其間的數理關係卻很清楚。

近 盤根錯節

頭破血流

形容遭到慘敗或受到嚴重打擊。

例：看你這個倔強的脾氣，非碰得頭破血流是不肯回頭的。

龍飛鳳舞

多用以形容書法的生動有力。

例：王先生的草書遐邇聞名，說它「龍飛鳳舞」不算過譽。

近 千姿百態　　反 信筆塗鴉

龍馬精神

比喻精神旺盛。

例：過年時候，人們互相祝賀：「身體健康，龍馬精神！」

近 生龍活虎

龍蛇混雜

比喻好人壞人混在一起。

例：這個地方龍蛇混雜，切不可讓孩子們在外面亂交朋友。

近 良莠不齊、薰蕕同器

【十七畫】

彌天大謊

天大的謊話。

例：我明明好好地在家裏，竟說我被汽車撞了，是誰撒的彌天大謊？

應付自如

形容處事從容，毫不費力。

例：只要做好充分的準備，考試時自然便胸有成竹、應付自如了。

反 應付裕如

應有盡有

形容很齊全。

例：百貨公司裏的商品真是五光十色，應有盡有。

近 包羅萬象　　反 殘缺不全

應接不暇

忙得應付不過來。

例：昨天下午，家中相繼來了三批客人，忙得我們應接不暇。

近 手忙腳亂

反 好整以暇、應付裕如

櫛比鱗次

像魚鱗、篦齒般密密地排列着。

例：俯瞰山下，只見樓館櫛比鱗次，
亭榭棋佈星羅。

反 鱗次櫛比

濫竽充數

沒有真實本領的人混在裏面湊
數。

例：選拔人才不能降低標準，濫竽充
數。

反 真才實學

營私舞弊

謀求私利，玩弄手段違法亂紀。

例：政府推行嚴厲的政策後，營私舞
弊的現象較少見了。

近 貪贓枉法　　反 奉公守法

矯枉過正

比喻糾正錯誤而超出應有限度。

例：我要你講話謹慎，而你卻成了個
啞巴，豈不是矯枉過正嗎？

矯揉造作

形容故意做作，很不自然。

例：演員演戲時，如果矯揉造作，就
不會贏得觀眾的好感。

近 裝腔作勢、拿腔做勢

繁文縟節

煩瑣不必要的禮節，也指煩瑣
多餘之事。

例：他們倆旅行結婚，免去了舊式婚
禮的繁文縟節。

罄竹難書

形容罪行多，寫不完。

例：日本侵略軍過去在中國犯下的罪
行，實在是罄竹難書。

近 擢髮難數

聲名狼藉

形容名譽掃地。

例：他因捲入罪案而弄得聲名狼藉，
親戚朋友都不願同他往來。

近 臭名昭著、臭名遠揚
反 聲譽卓著

聲色俱厲

說話的聲音和表情十分嚴厲。

例：你這樣聲色俱厲地嚇唬孩子，孩
子當然要哭了。

近 疾言厲色　　反 和言悅色

聲淚俱下

形容極為悲慟。

例：講到國仇家恨時，他言辭慷慨，
聲淚俱下，在座的人無不為之感
動。

近 痛哭流涕

聳人聽聞

使人聽了感到驚異。

例：這家報紙為了增大銷路，經常製造一些聳人聽聞的消息。

膾炙人口

比喻人人都讚美。

例：李白、杜甫的詩作，直至今日依然膾炙人口，百讀不厭。

臨危不懼

遇到危難，一點也不怕。

例：這位青年臨危不懼，從大火中救出了兩個小孩。

近 臨難不懼

反 倉皇失措、臨事而懼

臨渴掘井

喻平日不準備，急時才設法。

例：你平時不溫書，到了考試才着急起來，臨渴掘井，不太遲嗎？

近 臨陣磨槍　　反 未雨綢繆

臨淵羨魚

比喻空想而不去實幹。

例：希望讀大學，就要用功唸書；所謂臨淵羨魚，不如退而結網。

螳臂當車

比喻自不量力。

例：當年日本鬼子想併吞中國，那真是螳臂當車，不自量力。

近 以卵擊石、蚍蜉撼樹

反 泰山壓卵

豁然開朗

比喻頓時領悟過來。

例：經過老師講解，她終於豁然開朗，笑道：「明白了，明白了！」

近 豁然貫通、茅塞頓開

豁達大度

胸襟開闊，寬宏大量。

例：他一向豁達大度，對那些風言風語，只是一笑置之。

近 胸襟開闊

趨炎附勢

奉承和依附有勢力的人。

例：直等到他官復原職，這些趨炎附勢的親朋才又紛紛前來賀喜。

原 趨炎附熱　　又 趨炎奉勢

鍥而不捨

比喻辦事持之以恆。

例：他能寫出一手漂亮的毛筆字，是鍥而不捨地苦練的結果。

近 孜孜不倦

隱姓埋名

隱瞞自己的真名實姓。

例：那些搞偵探工作的人，為了不暴露自己，往往需要隱姓埋名。

近 匿影藏形

隱惡揚善

隱瞞人家的壞處，宣揚人家的好處。

例：華叔待人寬厚，隱惡揚善是他處世的準則。

近 遏惡揚善、與人為善

禮尚往來

禮節上重視有來有往。

例：她送了一枝筆給我，禮尚往來，我就回贈了她一條絲巾。

近 投桃報李

【十八畫】

歸根結蒂

歸結到根本性的問題上。

例：孟子所説的「仁」，歸根結蒂就是天下為公。

反 歸根到底

甕中捉鱉

比喻容易，有把握。

例：警方完成了對匪窟的包圍，就來一個甕中捉鱉，匪徒無一漏網。

近 囊中取物　反 海底撈針

豐功偉績

偉大的功績。

例：岳飛在抗金戰爭中立下的豐功偉績，永垂青史。

豐衣足食

吃穿都很富足。

例：這個地方是個魚米之鄉，老百姓過着豐衣足食的生活。

近 民殷財阜　反 民生凋敝、飢寒交迫

轉危為安

轉危急為平安。

例：司機迅速把着火的油車開離油庫，使油庫轉危為安。

近 化險為夷、轉禍為福

雜亂無章

亂七八糟，沒有條理。

例：這篇文章的毛病在於沒有突出中心，因此顯得雜亂無章。

近 茫無頭緒　反 有條不紊

鞭長莫及

比喻力量達不到。

例：她希望能親自照顧老人，無奈相隔太遠，鞭長莫及，未能遂願。

額手稱慶

以手加額，表示慶幸。

例：警察拘捕了那幫作惡多端的流氓，街坊們無不額手稱慶。

近 拍手稱快、以手加額

騎虎難下

比喻事到中途迫於形勢而不能中止。

例：他剛開了間舖子，就碰上經濟蕭條，弄得他騎虎難下。

近 欲罷不能

雞犬不寧

形容騷擾得十分厲害。

例：這一帶地方夜間常有劫匪出沒，使得許多座大廈雞犬不寧。

反 雞犬不驚、秋毫無犯

懷才不遇

有才能而未得施展。

例：他雖然懷才不遇，但心志恬淡，日子過得倒也自在。

近 滄海遺珠

攀龍附鳳

比喻依靠有勢力的人。

例：有些人為了升官發財，就到處攀龍附鳳，投靠有錢有勢的人。

曠日持久

荒廢時日，長久拖延。

例：這個工程之所以曠日持久，主要是建築材料長期缺貨。

瓊樓玉宇

傳說中用美玉建造的神仙宮殿。

例：眺望京城雪景，只見一片瓊樓玉宇，令人疑是人間仙境。

反 茅茨土階、土階茅屋

穩如泰山

形容極其穩固，不可動搖。

例：他仗着經驗豐富，又有外資支持，以為事業穩如泰山，萬分得意。

反 安如泰山

近 堅不可摧　　反 搖搖欲墜

鍛羽而歸

比喻出外比賽失敗歸來。

例：號稱「常勝軍」的女排，這次鍛羽而歸，舉國譁然。

難能可貴

不容易做到，而且很可貴。

例：他的雙手殘疾了，卻能寫出那麼好的毛筆字，確實是難能可貴的。

難解難分

不容易分開。

例：舞台上兩個猛將殺得難解難分，觀眾都被他們的精彩表演吸引住了。

近 糾纏不清

鵬程萬里

比喻遠大的前途。

例：在畢業會上，老師祝我們鵬程萬里，前途無量。

近 錦繡前程

【二十畫】

懸崖峭壁

形容山勢險峻。

例：這座山盡是懸崖峭壁，很難攀登，但我們終於勝利地爬到山頂。

懸崖勒馬

比喻到了危險的邊緣及時醒悟回頭。

例：幸好他能懸崖勒馬，否則後果便不堪設想了。

反 勒馬懸崖

近 回頭是岸　　反 執迷不悟

爐火純青

比喻功夫達到純熟、完美的境界。

例：經過多年苦練，他的演技已到爐火純青的境界。

耀武揚威

炫耀武力，顯示威風。

例：這夥流氓勾結社會上的黑幫勢力，便在屋邨裏面耀武揚威起來。

觸目驚心

形容景象恐怖，令人害怕。

例：案發現場臥着二十多具屍體，教人觸目驚心。

近 怵目驚心

觸景生情

因見到眼前景象而觸發感情。

例：眼前的村屋令我觸景生情，我不由憶起兒時在鄉間的生活情景。

觸類旁通

掌握某一事物的知識或規律，對同類的問題，亦可推類瞭解。

例：學習要靠理解，要能觸類旁通。

近 舉一反三

【二十一畫】

蠢蠢欲動

指壞人準備做壞事。

例：看到停車場的防範不如以前那麼嚴密，偷車賊又蠢蠢欲動了。

躊躇滿志

形容心滿意足，從容自得。

例：他躊躇滿志地告訴我，公司準備提拔他了。

近 沾沾自喜、洋洋得意

躍然紙上

形容刻畫逼真，描寫生動。

例：他收到了母親的來信，信中盼子歸家的迫切心情躍然紙上。

鐵面無私

形容公正無私，不講情面。

例：戲劇裏的包公，是一位鐵面無私，執法嚴正的清官。

近 大公無私　　反 徇情枉法

顧此失彼

顧了這個，丟了那個。

例：他又要學會計，打字，又要補習英語，難免要顧此失彼了。

反 兩全其美

顧名思義

看到名稱，就會想到它的含義。

例：琴行街，顧名思義，也知道這條街早年都是開琴行的。

鶴立雞羣

比喻人的才能或儀表出眾。

例：他生得一表人才，在眾同事中顯
得鶴立雞羣，非常引人注目。

㊄ 出類拔萃、卓爾不羣

響徹雲霄

形容聲音嘹亮，可以透過雲層，
直達高空。

例：這兒在開山築路，隆隆的爆破聲
響徹雲霄。

【二十二畫】

歡欣鼓舞

形容非常欣喜、振奮。

例：一聽説兩國談判終於有了結果，
市民莫不歡欣鼓舞。

㊄ 喜不自勝、喜躍抃舞

㊨ 灰心喪氣

歡聲雷動

形容極其熱烈的歡樂氣氛。

例：那位歌星還沒有走到臺前，全場
已經歡聲雷動。

聽天由命

聽任事態自然發展，絲毫不作
主觀努力。

例：這件事非我們能力所及，只好聽
天由命了。

驕兵必敗

驕傲的軍隊必定打敗仗。

例：這次比賽，你們切不可輕視對方，
要明白「驕兵必敗」的道理。

㊨ 哀兵必勝

驕奢淫逸

放縱奢侈，荒淫無度。

例：他過着驕奢淫逸的生活，沒有幾
年的功夫，就把財產揮霍完了。

㊄ 荒淫無度　　㊨ 克勤克儉

【二十三畫】

變本加厲

變得比本來更加厲害。

例：自從父親死後，後母對她的虐待
就更變本加厲起來。

變幻莫測

變化又快又多，不可捉摸。

例：春天的天氣變幻莫測，你出門還是多穿一件毛衣的好。

🈚 變化莫測

🈑 變化多端　　🈺 一成不變

驚弓之鳥

比喻再受不起驚嚇的人。

例：那些逃兵一聽到突發的槍炮聲，就像是驚弓之鳥，四處逃竄。

🈚 傷弓之鳥

🈑 談虎色變　　🈺 若無其事

驚心動魄

形容極端驚駭、緊張。

例：在描寫戰爭的影片中，常會出現一些驚心動魄的血腥場面。

🈚 動魄驚心　　🈑 驚天動地

體無完膚

形容遍體鱗傷，也比喻被徹底駁倒。

例：對方的論點被我校的首辯批駁得體無完膚。

🈑 遍體鱗傷　　🈺 完整無損

體貼入微

形容關懷照顧非常周到。

例：父母對孩子的關懷總是體貼入微，處處為孩子着想。

🈑 無微不至

【二十四畫】

靈機一動

形容靈敏機智，很快想出了辦法。

例：正當大家都感到絕望的時候，他靈機一動，計上心來。

🈑 急中生智

【二十六畫】

讚不絕口

連聲稱讚。

例：老師看到同學們設計的環境保護海報，都讚不絕口。

🈚 讚口不絕　　🈑 連聲稱讚

【二十九畫】

鬱鬱寡歡

悶悶不樂的意思。

例：你如此鬱鬱寡歡，會愁出病來的，還是跟我出去走走吧！

🈑 悶悶不樂　　🈺 怡然自樂

157

成語故事

一枕黃粱

　　從前有個姓盧的窮書生，在邯鄲道上的一家旅館裏，自歎命乖運滯，一世捱窮。有個姓呂的老道士聽了他的話，就借他一個瓷枕，讓他枕着睡覺。這時店家正煮着小米飯。盧生在夢中娶了嬌妻，當了宰相，享盡榮華富貴。

　　等到美夢做完，一覺醒來，他看到道士呂翁還坐在自己身邊，店主人鍋裏的小米飯還沒煮熟呢。

　　後世以「一枕黃粱」（亦說「黃粱美夢」）比喻虛幻的夢想，到頭來只剩下一場空。

一鼓作氣

　　公元前六八四年，強大的齊國出兵侵犯魯國。魯莊公要出兵迎戰。有一個叫曹劌的，自告奮勇地要求打仗時跟隨着魯莊公出征。

　　齊魯兩國的軍隊戰於長勺。齊國的軍隊首先擂鼓衝鋒，魯莊公想馬上迎擊。曹劌勸他說：「等一下。」一直等到齊軍擂過三次鼓以後，曹劌才說：「可以擂鼓衝鋒了。」魯軍士兵隨着鼓聲奮勇衝殺出去，終於把齊國打得落花流水。

　　戰鬥結束後，魯莊公問曹劌為什麼這樣做。曹劌回答說：「夫戰，勇氣也。一鼓作氣，再而衰，三而竭。彼竭我盈，故克之。」意思是說，打仗全憑勇氣。第一次擂鼓時，士氣最旺盛；第二次擂鼓時，士氣就差了；第三次擂鼓時，勇氣全消失了。敵軍擂過了三次鼓，我軍才擂第一次。這樣敵軍的勇氣耗盡，而我軍的士氣正飽滿，所以能戰勝敵人。

　　後世以「一鼓作氣」比喻做事情時，一開始便振奮精神，一氣把它做完。

入木三分

　　晉朝有個大書法家，名叫王羲之，他字寫得特別好，蒼勁、有力。有一次，他在一塊木板上寫字，寫完後，拿到刻字工人那裏去刻，刻字工人發現，王羲之的字迹，滲入木板有三分深。

　　後世就以「入木三分」來形容書法筆力強勁，也用來比喻分析問題深刻。

亡羊補牢

　　從前有個人，養了幾隻羊。一天早上，他發現少了一隻。原來羊圈破了一個洞，半夜裏狼從破洞裏鑽進來，把羊叼走了。街坊勸他説：「快把羊圈修一修，堵上那破洞吧！他説：「羊已經丢了，還修羊圈幹什麼呢？」

　　第二天早上，他發現羊又少了一隻。原來狼又從那破洞裏鑽進來，把羊叼走了。

　　他很後悔不接受街坊的勸告，趕快堵上那個破洞，把羊圈修得結結實實的。從此，他的羊再也沒丢過。

　　後世以「亡羊補牢」比喻出了問題或蒙受損失之後，想辦法補救，免得以後再受損失。

火中取栗

　　猴子和貓在一起玩耍。牠們看見爐火中烤着栗子，狡猾的猴子騙貓去偷。貓用爪子從火中取出幾個栗子，火苗燒着貓爪上的毛。貓急忙扔掉栗子去舔爪子。結果，栗子被猴子吃掉了。

　　後世以「火中取栗」比喻被別人利用去幹冒險的事，而自己得不到好處。

世外桃源

　　在晉朝的時候，武陵有個漁夫駕着小船出去打魚。船划到桃花林的盡頭，出現一座小山，他仔細一瞧，發現山腳下有個洞，漁夫出於好奇，小心翼翼地走進洞口。往前走了幾十步，呈現出另外一個世界：曠闊的原野，肥沃的田地，整齊的房屋，葱鬱的桑竹。老人和小孩都無憂無慮，歡樂自得；

一派寧靜、和平、幸福的景象。漁夫又到村民家裏作客，在交談中得知，這些人是在秦朝時，為了逃避戰禍，他們的祖先帶着妻子兒女逃到這洞裏來的。從那時起，就和外界隔絕了。他們世世代代在這裏耕作，春播秋收，不納稅，無徭役，日子過得很好。他們根本不知道秦朝以後有過漢朝，更不知道漢朝以後還經過魏和晉了。

後世以「世外桃源」比喻與塵俗隔絕的理想世界。

自知之明

　　戰國時期，齊國有一個叫鄒忌的人，長得魁偉漂亮。有一天早晨，他穿好衣服，照照鏡子，問妻子：「我和城北的徐公比，誰長得漂亮？」妻子回答說：「你漂亮，徐公怎麼能比得上你呢！」

　　徐公是齊國有名的美男子，所以鄒忌並不相信自己能比徐公漂亮。於是，他又問他的小老婆：「你看，我和徐公相比誰美？」小老婆回答說：「徐公怎麼能比得上你美呢！」

　　之後，來了一位客人，鄒忌又問客人：「我和徐公相比誰美？」客人也回答說：「徐公哪有你美呀！」

　　第二天，徐公來了，鄒忌盯住徐公仔細地瞅了一陣，又照着鏡子看看自己。覺得自己遠遠不如徐公漂亮。

　　為這件事，鄒忌反覆地想，本來我不如徐公美，他們為什麼說我比徐公美呢？想來想去，想出了一個道理：妻子說我美，是她偏愛我；小老婆說我美，是她怕我；客人說我美，是他有求於我呀！

　　後來，有人便稱鄒忌是有「自知之明」的人。

　　後世以「自知之明」形容瞭解自己的情況，對自己有正確的估計。

名落孫山

宋朝有個名叫孫山的人。他和幾個同鄉一起去投考舉人。孫山考取了，排在最後一名，其他幾個人都沒有考取。他們回到家鄉以後，有人向孫山打聽自己的兒子考取了沒有，孫山幽默地說：「解名盡處是孫山，賢郎更落孫山外。」意思是，這次考舉人，榜上最後一名是我孫山，你的兒子還排在我孫山的後面。即是沒有考取。

後世以「名落孫山」比喻投考不中或選拔時未被錄取。

守株待兔

傳說戰國時代，宋國有一個農民，看見一隻兔子撞在樹樁子上死了，他便放下手上的農具，在那裏等候，希望再得到一隻撞死在樹樁子上的兔子。可是一天過去了，不見有撞死的兔子；兩天過去了，仍然不見有撞死的兔子；十天半月過去了，

依然一無所得，而他的田裏卻長滿了野草，荒廢了。這件事被當成笑料，傳遍了宋國。

後世以「守株待兔」比喻坐享其成，亦指不知變通。

老馬識途

在春秋時代，齊國應燕國的請求，派兵打敗了山戎國的侵犯，接着又打敗了山戎國請來的孤竹國的軍隊。部隊出發時是春天，打仗回來時是冬天，到處是積雪，無法找到回國的道路。這時，跟隨齊桓公出兵打仗的宰相管仲說：「老馬走過的路牠都記得，我們就用老馬帶路吧！」於是讓老馬在前面走，隊伍跟在馬的後面。這樣，轉來轉去，終於找到了回齊國的道路。

後世以「老馬識途」比喻有經驗的人，在工作中熟悉情況，容易做好。

初出茅廬

諸葛亮，字孔明，東漢末年隱居在鄧縣隆中。因為他很有才能，被人稱作「臥龍」。劉備很看重諸葛亮的人才，三次到諸葛亮的茅廬拜訪，請他出

山，當了自己的軍師。

劉備的結義兄弟關羽、張飛對年紀輕輕的諸葛亮很不服氣。劉備說：「你們不知道啊！我有了孔明，就像魚兒得到水一樣！」果然，諸葛亮沒有辜負劉備的期望，在出山之後的第一仗，便在博望坡殲滅曹軍十萬。

諸葛亮第一次指揮打仗就獲得大勝，《三國演義》中有詩讚他：

博望相持用火攻，指揮如意笑談中。

直須驚破曹公膽，初出茅廬第一功。

後世以「初出茅廬」比喻初入社會做事，缺乏歷練。

自相矛盾

古時候有一個人，一手拿着矛，一手拿着盾，在街上叫賣。

他舉起矛，向人誇口說：「我的矛銳利得很，不論什麼盾都戳得穿！」

接着又舉起盾，向人誇口說：「我的盾堅固得很，不論什麼矛都戳不穿它！」

有人問他：「用你的矛戳你的盾，會怎麼樣呢？」他啞口無言，回答不出來了。

後世以「自相矛盾」比喻言行前後互相抵觸。

杞人憂天

春秋時代，杞國有個人，整天害怕天會塌下來，地會陷下去，不知道自己該躲到什麼地方去；竟愁得吃不下飯，睡不着覺。

有個人看杞人這樣憂愁，就去勸說：「天是由氣體聚集而成，任何地方都有氣體。比如，彎腰抬頭，一呼一吸，沒有不接觸氣體的。我們整天在氣體中生活，氣體怎麼會塌下來呢？」杞人又憂慮地說：「地陷下去怎麼辦呢？」那人繼續解釋說，「地不過是由一些土塊聚合而成，沒有一個地方沒有土塊，你成天在地上活動休息，地怎麼會陷下去呢？」杞人聽了這番話才明白過來，再也不憂愁了。

後世以「杞人憂天」比喻不必要的憂愁。

刻舟求劍

從前有個人坐船過江，一不小心，身上掛的寶劍掉進水裏去了。那個人一點兒也不着急，慢騰騰地拿出小刀，在船舷上刻了一個記號。

有人問他：「為什麼不趕快撈？你在船舷上刻個記號有什麼用呀？」

那個人不慌不忙地說：「不用着急。我的寶劍是從這個地方掉下去的。等船到了碼頭，靠了岸，我從刻着記號的地方跳下水去，就能把寶劍撈上來。」

船靠岸了，他按照自己在船上刻好的記號跳下水去找劍。

他不明白，在他的劍掉下水之後，船又在水面上走了好遠，而劍在水底是不會動的，這樣尋找，不是很可笑嗎？

後來，人們用「刻舟求劍」這句成語比喻做事拘泥呆板，不知變通。

夜郎自大

漢朝的時候，中國的西南部有一個王國叫夜郎國。它的國土很小，只有漢朝一個縣的地方那麼大。它出產少，牲畜也不多，可是國王卻很驕傲，自以為他的國家很大，很富裕。

有一次，漢朝的使者到了夜郎國，夜郎國的國王竟不知高低地問：「漢朝和我的國家相比，哪個大？」

後世就以「夜郎自大」這個成語比喻見識少，眼光淺，而又妄自尊大。

拔苗助長

古時候有個人，他巴望自己田裏的禾苗長得快些，天天到田邊去看。可是一天、兩天、三天，禾苗好像一點兒也沒有長高。他在田邊焦急地轉來轉去，自言自語地說：「我得想辦法幫它們長高。」

一天，他終於想出了辦法，就急忙奔到田裏，把禾苗一棵一棵地往上拔高，從早一直忙到太陽落山，弄得筋疲力盡。

他回到家裏，一邊喘氣一邊說：「今天可把我累壞了！力氣總算沒白費，禾苗都長高了一大截兒。」

他的兒子不明白是怎麼回事，第二天跑到田裏一看，禾苗全都枯死了。

後世以「拔苗助長」比喻急於求成，反而把事情弄糟。

杯弓蛇影

有一天，樂廣請朋友在家裏喝酒。樂廣向朋友敬酒，朋友舉杯剛要喝，猛然看見杯子裏有一條蛇在游動，心裏非常害怕。可是又不好不喝，只好勉強喝了下去。回到家裏，他就病倒了。

朋友生病了，樂廣親自去看望。樂廣一看，朋友的病真是不輕啊！樂廣問了好幾次生病的原因，他朋友才說出酒裏有蛇的事兒。

這怎麼可能呢？真奇怪！樂廣回到家裏，邊踱着步邊想着這件事，一抬頭，他看見牆上掛着一張弓，恍然大悟。

樂廣馬上派人把老朋友請來，扶着他坐在原來的位置上，斟滿了一大杯酒。

「啊，蛇！」朋友嚇得頭髮都豎了起來，拔腿就跑。

樂廣哈哈大笑起來，拉住朋友，請他抬頭看。那人抬頭一看，牆上掛着一張用彩漆畫的彎弓，杯裏的蛇，就是它的影子。酒在杯裏晃動，影子也像蛇一樣動起來。

「啊，原來這樣！」朋友如釋重負，眉頭舒展開了，病也好了。

後世以「杯弓蛇影」比喻疑神疑鬼，妄自驚擾。

狐假虎威

在茂密的森林裏，有一隻老虎正在尋找食物。一隻狐狸從老虎身邊竄過。老虎撲過去，把狐狸逮住了。

「你是不敢吃掉我的，老天爺派我來管理你們百獸；你吃了我，就是違抗了老天爺的命令。我倒要看你有多大的膽子。」

老虎聽了，不大相信。

狐狸又說：「要是你不相信，我帶着你到百獸面前走一趟，讓你看看我的威風。」

狐狸走在前頭，老虎跟在後面，朝森林深處走去。狐狸神氣活現，搖頭擺尾；老虎半信半疑，東張西望。

森林裏大大小小的野獸果然都嚇得撒腿就跑。

兇惡的老虎受騙了。狡猾的狐狸是借着老虎的威風把百獸嚇跑的。

後世以「狐假虎威」比喻依仗別人的威勢去嚇唬人。

臥薪嘗膽

春秋末年，吳、越是兩個相鄰的國家，它們為了爭奪霸權而經常打仗。有一次，吳王夫差領兵攻打越國，俘虜了越王勾踐，迫使越國投降。

夫差為了稱霸，顯示自己寬宏大量，他決定不殺勾踐，派他在宮裏養馬。夫差出去遊玩，勾踐總是拿着馬鞭子走在馬車的前面。後來，夫差生了一場大病，勾踐細心地服侍他。夫差見勾踐這樣「忠誠」，便放他回國。

勾踐回國後一心要報仇雪恥，便立志把國家治理好。為了磨練意志，他每天晚上都睡在柴草堆上，還在住處吊着一隻苦膽，吃飯和睡覺以前，都要嘗一嘗苦膽的味道，問問自己：「你忘記了戰敗的恥辱了嗎？」

經過十年的發憤圖強，越國終於由弱變強，打敗了吳國。

後來人們就以「臥薪嘗膽」來形容人刻苦磨練、激勵自己。

指鹿為馬

秦始皇死後，宦官趙高害死了秦始皇的長子扶蘇，立秦始皇的第二個兒子胡亥做了皇帝，稱秦二世。胡亥做了皇帝以後，趙高當了丞相。

趙高還不滿足，想自己做皇帝。他怕大臣們不服，就想先試一試自己的威勢。

有一天，他把一頭鹿送給秦二世，並當着大臣們的面，指着鹿說：「這是馬！」秦二世笑了一笑說：「丞相，你弄錯了吧？你把鹿說成馬了。」趙高沒有理睬，又故意高聲問旁邊的人：「這到底是鹿還是馬？」大臣中有的害怕趙高的權勢，明知是鹿，但不敢吱聲；有的故意說是馬，以討好趙高；也有直說是鹿的。說是鹿的，後來都被趙高藉故殺了。

後世以「指鹿為馬」比喻故意顛倒是非。

為虎作倀

傳說，古時候有一隻老虎正在茂密的森林裏尋找食物，忽然碰見一個人，就一口把他咬死了。老虎把這個人當作鮮美的食物，痛快地吃了一頓，

吃完後還不准許這個人的靈魂離開，一
定要靈魂幫牠再吃一個人。

於是靈魂就領着老虎漫山遍野去
找第二個人。當找到第二個人的時候，
老虎張着大嘴就要去吃。靈魂還走上前
去，幫着老虎把那個人的衣服脫光，讓老虎一點不費事地吃掉他。

人們就把這種幫助老虎吃人的靈魂，叫做「倀鬼」。「為虎作倀」這個
成語就是根據這個故事構成的。

後世以「為虎作倀」比喻做惡人的爪牙，幫助惡人幹壞事。

負荊請罪

藺相如和廉頗是戰國時趙國的文官和武將。藺相如在跟秦國的外交鬥爭
中，為趙國立下了功勞，趙惠王任命他為上卿——上卿是趙國最高的官位，
而且名列老將廉頗之上。

廉頗很不服氣，他對人說：「我是趙國的大將，出生入死，為國家立了
許多戰功，才做了上卿。藺相如只憑三寸不爛之舌，竟然官居我之上。」並
且揚言，以後一定要當面侮辱藺相如一頓。

藺相如聽到這話，就處處忍讓。有一次，藺相如坐車出門，半路上遇到
廉頗的車子，他叫趕車的人趕快回避，免得和廉頗面對面地遇上。藺相如身
邊的人看到這種情形，都說他太膽小了，同是上卿，何必怕廉將軍？藺相如
批評了手下人，說：「秦國不敢侵犯我國，是因為有廉將軍和我在，我們兩
人要是爭鬥起來，敵人就會乘機來進犯我國。我們不能為個人恩怨，而忘掉
國家的安危啊！」

這些話，傳到廉頗的耳朵裏，廉頗很慚愧，於是光着脊背，背着荊杖，
到藺相如府上去請罪。

後世以「負荊請罪」表示主動向對方賠禮認錯。

病入膏肓

春秋時代，秦國有一個著名的醫生叫緩，醫術很高明。

有一年，晉景公生了重病，秦桓公就派緩給他治病。緩還沒到的時候，

晉景公做了一個夢，夢見疾病化作兩個童子，一個説：「緩是個好醫生啊，他這次來，恐怕要傷害我們了，我們往哪裏逃呢？」另一個説：「不要緊！我們躲在肓之上，膏之下，他能拿我們怎麼樣！」

緩來到晉國，趕忙給晉景公看病。

他檢查完病情，對晉景公説：「您這個病已在肓之上，膏之下，用灸的辦法治不了，扎針也達不到，用藥也沒有效力，實在是不能治了！」

晉景公一聽，緩的診斷和自己夢見的情況一模一樣，就相信了緩的話，並稱讚他是個醫術高明的醫生，送給他一份厚禮，派人送他回秦國。

過了不久，晉景公果然病死。

後世就以「病入膏肓」這句成語形容病勢嚴重，無法救治。（古人把心尖脂肪叫做「膏」，心臟和橫隔膜之間叫做「肓」。）

草木皆兵

東晉時代，公元三八三年，北方的前秦王苻堅率領九十萬大軍進攻東晉。東晉大將謝石、謝玄領兵八萬迎敵。苻堅依仗兵多將廣，想一口吞掉晉軍，淮水一仗，秦軍被謝玄派來的五千精兵殺得大敗，竟損失一萬五千人。

前線大敗的戰報傳到壽陽，苻堅大吃一驚，急忙帶着苻融登上城頭瞭望軍情。苻堅見晉軍隊伍嚴整，聲勢浩大，心中更加恐慌。他又向北望去，只見八公山上野草樹木都像人一樣，好似埋伏着千軍萬馬，不由得倒吸一口涼氣。苻堅戰戰兢兢地回頭對苻融説：「這是強敵啊！怎麼説晉兵很少呢？」

後世以「草木皆兵」形容驚慌時疑神疑鬼。

掩耳盜鈴

從前有一個人，看見人家大門上掛着一個鈴鐺，想把它偷來。

他明明知道，那個鈴鐺只要用手一碰，就會叮鈴鈴地響起來，被人發

覺。可是他想：「響聲要耳朵才能聽見，如果把耳朵掩起來，不是就聽不見了嗎？」他就掩住了自己的耳朵，伸手去偷那個鈴鐺。誰知手剛碰到鈴鐺，就被人發覺了。

後世以「掩耳盜鈴」比喻自己欺騙自己。

望梅止渴

三國的時候，魏國的曹操領兵去打仗，走到了一個沒有水的地方，將士們口渴極了，但哪裏也找不到水。眼看要影響行軍、打仗，怎麼辦呢？曹操想出了一個計策。他舉起馬鞭子往前一指，對將士們說：「前面有一片很大的梅林，樹上有很多梅子，又甜又酸，可以解渴。」其實，前邊根本沒有梅林，將士們聽了他的話，想到梅子的酸味，嘴裏都流出了口水，不再感到口渴了。

後來人們以「望梅止渴」這個成語比喻願望無法實現，拿空想來安慰自己。

梁上君子

東漢時有個叫陳實的，他為人公正。有一天有個小偷摸進了陳實的家裏，躲在房梁上。陳實知道了，沒有聲張，他把家裏的孩子們都叫了來，對他們講做人的道理。他說：「無論什麼人，都應該努力向上。有不好行為的人也不是生來就不好，壞習慣是慢慢養成的。我們眼前就有一位梁上君子，他就是慢慢變壞的。」小偷兒聽了這番話很受感動，便從房梁上下來，向陳實叩頭請罪。陳實見他已經知錯，送給他兩匹絹，叫他回家後好好勞動，重新做人，便把他放了。

後世用「梁上君子」作為盜賊的代稱。

莫須有

宋朝名將岳飛，在抗擊金兵的戰鬥中屢建戰功。奸臣秦檜認賊做父，一連下了十二道金牌，把正在乘勝追擊金兵的岳飛，召回都城臨安。秦檜為了投降敵人，竟無中生有，說岳飛陰謀造反，把岳飛和他的兒子岳雲關在監獄裏。大將韓世忠憤憤不平，當面質問秦檜說：「你說岳飛要造反，有什麼根據？」秦檜無恥地回答說：「莫須有（意思是「也許有」）。」後來終於將

岳飛父子殺害在風波亭裏。

後世以「莫須有」形容捏造罪名，冤枉好人。

朝三暮四

春秋時代的宋國，有一個喜歡養猴子的人，人們叫他狙公。

狙公懂得猴子的心思，猴子也明白他說的話。狙公經常用家裏人的口糧餵猴子。不久，家裏窮了，狙公要減少猴子的糧食，但又怕猴子不滿意，就先和猴子商量：

「我早上給你們每個猴子三個橡子，晚上給四個，夠吃了吧？」

猴子一聽牠們的口糧要減少了，一齊都咧嘴齜牙地站了起來，表現出很生氣的樣子。

狙公一看這情形，馬上改口說：「我每天早晨給你們四個橡子，晚上給三個，夠吃了吧？」

猴子聽說早上從三個增加到四個，以為是增加了牠們的口糧呢，就都高興地趴在地上。

「朝三暮四」原比喻聰明人善於使用手段，愚笨的人不善於辨別事理；現在多用來比喻反覆無常。

畫蛇添足

楚國有一戶人家，祭過了祖宗，賞給僕人們一壺酒。僕人們見酒太少，都說：「要是每人嘗一小口，那才沒意思呢，還不如讓一個人喝個痛快。」可是，到底給誰喝呢？有人提議：各人在地上畫一條蛇，誰畫得快畫得像，就把這壺酒給他。

大家都同意這麼辦，都在地上畫起蛇來。有個人畫得很快，一轉眼，就把蛇畫好了。那壺酒就要歸他了。他抬頭一看，別人都沒有畫好，就想：「我給蛇添上四隻腳吧。」他左手拿起酒壺，右手拿根樹枝，給蛇畫起腳來。

這時候，另一個人也把蛇畫好了。他奪過那人手裏的酒壺，說：「蛇是沒有腳的，你幹

嗎要畫上腳呢？第一個畫好蛇的是我，不是你啦！」說罷就仰起頭，把那壺酒喝了。

後世以「畫蛇添足」比喻做多餘的事反而不恰當。

畫龍點睛

南北朝時的梁朝，有個叫張僧繇的人，畫畫很出名。有一次，梁武帝要裝飾佛寺，就叫張僧繇去畫壁畫。

張僧繇在金陵（今南京）安樂寺的牆壁上畫了四條白龍，那龍栩栩如生，活龍活現，可就是沒畫上眼睛。人們都覺得奇怪，就去問張僧繇，他總是回答説：

「不能畫眼睛！點上眼睛馬上就會飛走的。」

大家都認為這是不可能的事，一再請他給龍點眼睛。張僧繇被眾人逼得沒辦法，只好答應了。

張僧繇舉起筆，在兩條龍眼睛的地方輕輕一點。霎時，電閃雷鳴，把牆壁都震破了，兩條白龍騰雲駕霧，直上天空，牆上只剩下兩條沒點眼睛的龍了。

這是一個有趣的傳説故事，後來人們根據故事構成「畫龍點睛」這個成語。

後世以「畫龍點睛」比喻作文、説話用一兩句關鍵的話，使全篇更加精闢有力。

塞翁失馬

從前，在北方的邊境上，住着一個老頭兒。他家丟了一匹馬。鄰居們知道後，都很惋惜，跑來安慰他。老頭兒丟了馬，不但不着急，還高興地對鄰居們説：「沒關係，沒關係。丟了馬也是件好事嘛！」聽的人都有些莫名其妙。

過了一些日子，老頭兒家丟的那匹馬，忽然回來了，還帶回了一匹好馬。鄰居們都來祝賀。老頭兒並不高興，他反而憂慮地説：「平白無故地得了一匹好馬，説不定還會招來一場災禍哪！」

果然，沒過多久，老頭兒的獨生兒子因為學騎那匹好馬，摔斷了腿。鄰居們又紛紛來安慰，老頭兒卻神態自若地説：「孩子摔壞了腿雖然是壞事，説不定還是件好事哩！」

事也湊巧，一年後，邊境上發生了大規模的軍事衝突，這個村子裏的大部分年輕人都被徵召入伍，結果十個有九個死亡，老頭兒的兒子因為腿瘸，不能上戰場，結果保存了性命。

後世以「塞翁失馬」比喻壞事可能變為好事。

葉公好龍

古時候有個叫葉公的，非常喜歡龍。他穿的衣服上繡着龍，戴的帽子上鑲着龍；住的房子也一樣，牆壁上畫着龍，柱子上雕着龍。這些龍張牙舞爪，迴旋盤繞，好像在雲霧裏飛翔。

天上的真龍聽說葉公這樣喜歡龍，就決定拜訪他。一霎時烏雲滾滾，雷電交加，真龍到了葉公家裏，把頭伸進了南窗，尾巴繞到了北窗。

葉公見了真龍，嚇得臉色發白，渾身發抖，抱着腦袋逃跑了。

後世以「葉公好龍」比喻口頭上說愛好某事物，而實際上並不愛好。

逼上梁山

《水滸傳》裏的林沖，綽號豹子頭，是宋朝東京八十萬禁軍教頭。他武藝高強，忠於職守，很想安分守己地當好教官，守着妻兒老小過日子。

有一次，林沖帶着端莊美麗的妻子趕廟會，想不到妻子被一個花花公子調戲。林沖打跑了花花公子，卻得罪了頂頭上司。原來這花花公子就是當朝太尉高俅的兒子高衙內。高俅父子倚仗權勢，對林沖橫加迫害。開始時，林沖一再忍讓，不想觸犯上司和朝廷，可是到最後還是被害得家破人亡。林沖被刺配滄州，看管草料場，高俅派人火燒草料場，企圖殺害林沖。林沖被逼得無地容身，忍無可忍，終於在山神廟殺死仇人陸虞侯等人，雪夜上梁山，投奔農民起義軍，被迫走上了反抗趙宋王朝的道路。

後世以「逼上梁山」比喻被迫進行反抗。

瞎子摸象

很久以前，傳說有個國王，叫大臣牽來一頭象，讓幾個瞎子去摸。

幾個瞎子用手摸了一陣，國王問他們：「你們說說看，大象是什麼樣子？」

摸到大象牙齒的說：「大象像是一根長長的蘿蔔。」

摸到大象耳朵的説：「大象好像一個簸箕。」

「不對。大象就像一隻舂米的石臼，又圓又粗。」摸到大象腳的瞎子説。

摸到大象脊背的瞎子卻説：「大象猶如一張牀，平平坦坦。」

而摸到大象肚皮的瞎子則説：「大象好像一隻大瓦缸。」

「你們説得都不對。大象好像一根繩子，又粗又長。」一個摸到大象尾巴的瞎子説。

幾個瞎子都以為自己説得對，爭論不休。其實，他們誰也沒有説準，因為他們都只接觸到了大象的一部分。

後世以「瞎子摸象」比喻以一點代替全面。

黔驢技窮

貴州本來沒有驢，有人用船從外地運來一頭驢。驢到貴州後，當地人不會使喚，只好把牠放在山下放牧。山裏有一隻老虎，最初看見這個龐然大物，嚇了一跳，急忙躲到樹林裏去觀察動靜。過了一會兒，老虎見沒有什麼動靜，便從樹林裏溜出來，在距驢不遠的地方，小心翼翼地瞅了瞅，還是弄不清這是個啥東西。過了幾天，老虎又悄悄地跑來觀察，剛走到驢身旁，忽然驢伸長脖子，大叫一聲，嚇得老虎拚命逃跑，以為驢要來吃牠，非常害怕。可是，老虎經過多次觀察，覺得這個怪東西似乎沒有什麼特殊本領，連叫的聲音也聽習慣了，於是便走近前去碰碰驢的身子，摸摸驢的鼻子，一下子把驢惹火了。驢使勁向老虎踢了一腳，老虎一看，高興極了，覺得驢的本領不過如此，便大吼一聲，猛撲過去，一口把驢咬死了。

後世以「黔驢技窮」比喻有限的一點點本領已使用完了。

濫竽充數

戰國時候，齊宣王喜歡聽吹竽，又喜歡講排場，他手下吹竽的樂隊就有三百人。他常常叫這三百人一齊吹竽給他聽。

有個南郭先生，他本來不會吹竽，看到這個機會，就到齊宣王那裏，請求參加吹竽隊。齊宣王給他很高的待遇，把他編在吹竽隊裏。每逢吹竽，他也鼓着腮幫子，捂着竽眼兒，裝腔作勢，混在樂隊裏充數。他混過了一次又一次，沒有被人發現。

後來，齊宣王死了。齊宣王的兒子齊湣王繼承了王位。齊湣王的脾氣和他父親不一樣，不喜歡聽大家一起吹竽，他叫吹竽的人一個一個地吹給他聽。

南郭先生聽到這個消息，趕緊偷偷地逃走了。

後世以「濫竽充數」比喻沒有真才實學、僅只勉強湊數的人。

鐵杵磨針

唐朝有一位偉大的詩人，名字叫李白。李白小時候在學堂裏唸書，貪玩，怕困難，成績很不好。

有一天，李白偷偷地跑出學堂，一邊走、一邊玩。他走到一條小河邊，看見一位白髮老太太，蹲在石頭旁邊，蘸着河水在磨一根小鐵棒。李白覺得很奇怪。他走到老太太跟前，問：「您磨這根棒做什麼？」

「做針。」老太太回答。

「做針？」李白更奇怪了，鐵棒怎麼能夠磨成針呢？」

老太太滿懷信心地說：「只要不怕困難，堅持下去，鐵棒就能夠磨成針。」

李白聽了老太太的話，明白了一個道理：不論做什麼事情，都要有恆心，都要下苦功夫。他想，唸書也是一樣啊！像自己這樣貪玩、怕困難，還能學到什麼呢？

從此，李白在學堂裏一心一意地唸書，成績慢慢地好起來了，最終成了一位很有學問的人。

後世以「鐵杵磨針」形容只要肯下功夫，便一定能克服困難，取得成績。

驚弓之鳥

更羸是古時候魏國有名的射箭能手。有一天，更羸跟魏王到郊外去打獵。一隻大雁從遠處慢慢地飛來，邊飛邊叫。更羸指着大雁對魏王說：「大王，我不用箭，只要拉一下弓，就能把這隻大雁射下來。」

「是嗎？」魏王以為自己聽錯了，問道：「你有這樣的本事？」

　　更羸說：「我可以試一下。」

　　更羸並不取箭，他左手拿弓，右手拉弦，只聽「嘣」的一聲響，那隻大雁直往上飛，拍了兩下翅膀，忽然從半空裏直掉下來。

　　魏王看了，大吃一驚，稱讚更羸的本事大。

　　更羸笑笑說：「不是我的本事大，是因為我知道，這是一隻受過箭傷的鳥。」

　　魏王更加奇怪了，問：「你怎麼知道的？」

　　更羸說：「牠飛得慢，叫的聲音很悲慘。飛得慢，因為牠受過箭傷，傷口沒有癒合，還在作痛；叫得悲慘，因為牠離開同伴，孤單失羣，得不到幫助。牠一聽到弦響，心裏很害怕，就拚命往高處飛。牠一使勁，傷口又裂開了，就掉了下來。」

　　後世以「驚弓之鳥」比喻受過驚嚇的人見到一點動靜便非常害怕。

鷸蚌相爭，漁人得利

　　一隻河蚌張開蚌殼，在河灘上曬太陽。有隻鷸鳥，從河蚌身邊走過，就伸嘴去啄河蚌的肉。

　　河蚌急忙把兩片介殼合上，把鷸嘴緊緊地鉗住。鷸鳥用盡力氣，怎麼也拔不出嘴來。

　　蚌也脫不了身，也不能回河裏去了。河蚌和鷸鳥就爭吵起來。

　　鷸鳥說：「今天不下雨，明天也不下雨，你就會乾死！」

　　河蚌說：「假如我不放你，一天、兩天之後，你的嘴拔不出來，你也別想活！」

　　河蚌和鷸鳥吵個不停，誰也不讓誰。這時，恰好有個漁翁從那裏經過，就把牠們兩個一齊捉去了。

　　後世以「鷸蚌相爭，漁人得利」來比喻雙方相爭，而讓第三者得到了好處。

成語練習

請選出下列每題最適當的答案：（選擇題）

練習一

❶ 見（A 義 B 儀 C 異 D 一）思遷

A □ B □ C □ D □

❷ 禮（A 上 B 賞 C 傷 D 尚）往來

A □ B □ C □ D □

❸ 兔死（A 鹿 B 羊 C 狐 D 狼）悲

A □ B □ C □ D □

❹ （A 寞 B 漠 C 莫 D 抹）不關心

A □ B □ C □ D □

❺ 舉（A 旗 B 其 C 齊 D 棋）不定

A □ B □ C □ D □

❻ （A 駭 B 害 C 嚇 D 核）人聽聞

A □ B □ C □ D □

❼ 杯盤（A 狼 B 浪 C 狼 D 痕）藉

A □ B □ C □ D □

❽ 道聽（A 徒 B 圖 C 途 D 唾）説

A □ B □ C □ D □

❾ 疲於奔（A 走 B 命 C 逃 D 跳）

A □ B □ C □ D □

❿ 入不（A 呼 B 敷 C 夫 D 富）出

A □ B □ C □ D □

⓫ 不同凡（A 響 B 想 C 相 D 香）

A □ B □ C □ D □

⓬ 眼花（A 瞭 B 繚 C 了 D 嘹）亂

A □ B □ C □ D □

⓭ （A 憑 B 平 C 苹 D 萍）水相逢

A □ B □ C □ D □

⓮ 甘之如（A 貽 B 怡 C 殆 D 飴）

A □ B □ C □ D □

⓯ 桑（A 魚 B 榆 D 喻 D 與）暮景

A □ B □ C □ D □

練習二

❶ （A 禁 B 噤 C 驚 D 警）若寒蟬

A ☐ B ☐ C ☐ D ☐

❷ 虛與委（A 殆 B 蛇 C 頤 D 余）

A ☐ B ☐ C ☐ D ☐

❸ 病入膏（A 黃 B 荒 C 盲 D 肓）

A ☐ B ☐ C ☐ D ☐

❹ 撲（A 朔 B 塑 C 樹 D 沙）迷離

A ☐ B ☐ C ☐ D ☐

❺ 處心（A 焦 B 思 C 憂 D 積）慮

A ☐ B ☐ C ☐ D ☐

❻ 仰人（A 氣 B 生 C 鼻 D 休）息

A ☐ B ☐ C ☐ D ☐

❼ 大智（A 不 B 非 C 似 D 若）愚

A ☐ B ☐ C ☐ D ☐

❽ 渾水摸（A 魚 B 蝦 C 蟹 D 寶）

A ☐ B ☐ C ☐ D ☐

❾ 負荊請（A 安 B 罪 C 過 D 示）

A ☐ B ☐ C ☐ D ☐

❿ 世態炎（A 熱 B 炎 C 涼 D 冷）

A ☐ B ☐ C ☐ D ☐

⓫ 飛（A 紫 B 黃 C 龍 D 鳥）騰達

A ☐ B ☐ C ☐ D ☐

⓬ （A 唾 B 伸 C 舉 D 動）手可得

A ☐ B ☐ C ☐ D ☐

⓭ 庸人自（A 憂 B 愁 C 擾 D 煩）

A ☐ B ☐ C ☐ D ☐

⓮ （A 魚 B 一 C 接 D 成）貫而入

A ☐ B ☐ C ☐ D ☐

⓯ 荒謬絕（A 頂 B 對 C 然 D 倫）

A ☐ B ☐ C ☐ D ☐

練習三

❶ 形容談話時興致很高，氣氛活躍：A 滿面春風 B 談笑風生 C 眉開眼笑 D 人聲鼎沸

A □ B □ C □ D □

❷ 比喻完全效仿他人：A 拾人牙慧 B 抱殘守缺 C 依樣葫蘆 D 班門弄斧

A □ B □ C □ D □

❸ 形容做事不得其法，反而使災害擴大：A 以卵投石 B 抱薪救火 C 江心補漏 D 因噎廢食

A □ B □ C □ D □

❹ 比喻外表善良，內心狠毒無比：A 人面獸心 B 羊質虎皮 C 心狠手辣 D 表裏不一

A □ B □ C □ D □

❺ 形容人心難以預料：A 人心惶惶 B 人心叵測 C 人云亦云 D 世態炎涼

A □ B □ C □ D □

❻ 受了冤屈，無從昭雪：A 忍氣吞聲 B 強顏為歡 C 含冤莫白 D 死不瞑目

A □ B □ C □ D □

❼ 比喻事情難辦，而且徒勞無功：A 揠苗助長 B 投鼠忌器 C 隔靴搔癢 D 大海撈針

A □ B □ C □ D □

❽ 故意説出危險驚人的話，讓人聽了害怕：A 指桑罵槐 B 向壁虛構 C 人言可畏 D 危言聳聽

A □ B □ C □ D □

❾ 用自己的心去度量別人的心：A 推心置腹 B 心心相印 C 以己度人 D 推己及人

A □ B □ C □ D □

❿ 自己認為自己的行為很對：A 自以為是 B 自不量力 C 自命不凡 D 自作自受

A □ B □ C □ D □

練習四

❶ 事情已到了非常緊急的關頭：A 臨渴掘井 B 噬臍莫及 C 迫在眉睫 D 摧枯拉朽

A □ B □ C □ D □

❷ 遇到不利的環境極力忍耐，不反抗：A 逆來順受 B 處之泰然 C 自怨自艾 D 憂心如焚

A □ B □ C □ D □

❸ 形容數量極少的珍貴物品或人才：A 蛛絲馬跡 B 守株待兔 C 虎頭蛇尾 D 鳳毛麟角

A □ B □ C □ D □

❹ 比喻人地位重要，其進退對事情的關係亦很重大：A 老馬識途 B 舉足輕重 C 中流砥柱 D 亦步亦趨

A □ B □ C □ D □

❺ 形容事情好笑到使人忍耐不住：A 目瞪口呆 B 令人噴飯 C 笑裏藏刀 D 付之一笑

A □ B □ C □ D □

❻ 事情有顧忌，想說又不願說：A 半吞半吐 B 半推半就 C 不離不即 D 唯唯諾諾

A □ B □ C □ D □

❼ 形容取用不完，極其豐富：A 罄竹難書 B 用之不竭 C 滄海桑田 D 一望無垠

A □ B □ C □ D □

❽ 形容親身處於某種境地：A 芒刺在背 B 臨深履薄 C 身臨其境 D 臨淵羨魚

A □ B □ C □ D □

❾ 形容遇到問題，毫無辦法：A 不可救藥 B 束手無策 C 張皇失措 D 紙上談兵

A □ B □ C □ D □

❿ 形容自己沒有主見，老是隨聲附和別人：A 人言可畏 B 人云亦云 C 人微言輕 D 人人自危

A □ B □ C □ D □

練習五

❶ 比喻後輩比前輩的成就更為超卓：A 初生之犢 B 略勝一籌 C 有志竟成 D 青出於藍

A □ B □ C □ D □

❷ 形容恭敬聆聽：A 洗耳恭聽 B 耳提面命 C 言聽計從 D 全神貫注

A □ B □ C □ D □

❸ 形容突然想出了其中的道理：A 見異思遷 B 融會貫通 C 恍然大悟 D 耳目一新

A □ B □ C □ D □

❹ 形容平息紛爭，使大家安靜：A 息事寧人 B 平心靜氣 C 相安無事 D 平易近人

A □ B □ C □ D □

❺ 比喻空談而不能解決實際問題：A 信口開河 B 語無倫次 C 紙上談兵 D 誇誇其談

A □ B □ C □ D □

❻ 比喻做事如意而順利：A 唾手可得 B 得心應手 C 易如反掌 D 水到渠成

A □ B □ C □ D □

❼ 比喻人欠債很多：A 債台高築 B 左支右絀 C 入不敷出 D 捉襟見肘

A □ B □ C □ D □

❽ 形容心中萬分焦急，有如被火燒灼一般：A 心煩意亂 B 人心惶惶 C 五內如焚 D 六神無主

A □ B □ C □ D □

❾ 形容做作而不自然的狀態：A 搖頭晃腦 B 道貌岸然 C 東施效顰 D 矯揉造作

A □ B □ C □ D □

❿ 形容人說話荒誕，如夢囈一般：A 癡人說夢 B 南柯一夢 C 彌天大謊 D 夢寐以求

A □ B □ C □ D □

練習六

❶ 比喻人在天地間，極其渺小：
A 汗牛充棟 B 恆河沙數 C 滄
海一粟 D 井底之蛙

A ☐ B ☐ C ☐ D ☐

❷ 形容徒有虛名，實際與名聲
不一致：A 名噪一時 B 名存
實亡 C 名不虛傳 D 名不副實

A ☐ B ☐ C ☐ D ☐

❸ 形容態度傲慢的樣子：A 高
不可攀 B 高抬貴手 C 高視闊
步 D 高談闊論

A ☐ B ☐ C ☐ D ☐

❹ 形容沒有可被人攻擊或挑剔
的地方：A 無微不至 B 自圓
其說 C 無孔不入 D 無懈可擊

A ☐ B ☐ C ☐ D ☐

❺ 自以為與眾不同，目中無人：
A 自命不凡 B 自鳴得意 C 妄
自菲薄 D 放蕩不羈

A ☐ B ☐ C ☐ D ☐

❻ 只顧自己利益，把別人利用
完了就一腳踢開：A 殺雞取
卵 B 過河拆橋 C 兔死狐悲 D
亡羊補牢

A ☐ B ☐ C ☐ D ☐

❼ 比喻固執而拘泥不變：A 守
株待兔 B 夜郎自大 C 削足適
履 D 堅如磐石

A ☐ B ☐ C ☐ D ☐

❽ 自覺不如別人而慚愧：A 自
怨自艾 B 畏首畏尾 C 甘拜下
風 D 自慚形穢

A ☐ B ☐ C ☐ D ☐

❾ 事情已過去，不再追究查辦
了：A 既往不咎 B 事過境遷
C 明日黃花 D 聽之任之

A ☐ B ☐ C ☐ D ☐

❿ 因過分羞窘而發怒：A 怒髮
衝冠 B 勃然大怒 C 老羞成怒
D 怒不可遏

A ☐ B ☐ C ☐ D ☐

練習七

❶（萬人空巷）是指：A 大難來臨，紛紛走避 B 地勢遼闊 C 城市羣眾聚集的盛況

A ☐ B ☐ C ☐

❷（天真爛漫）是形容：A 純真而不矯揉造作 B 不成熟的樣子 C 輕佻浮誇的樣子

A ☐ B ☐ C ☐

❸（無所適從）是指：A 不知聽哪一個好 B 無法適應新的情況 C 沒有必要去迎合別人

A ☐ B ☐ C ☐

❹（同歸於盡）形容：A 一起行動 B 一起死亡或共同毀滅 C 每一個人最後都要走向死亡

A ☐ B ☐ C ☐

❺（推波助瀾）形容：A 在旁添油加醋，使事態更嚴重 B 助人一臂之力 C 海水洶湧壯闊的景象

A ☐ B ☐ C ☐

❻（魚目混珠）比喻：A 讓壞人得逞，好人受屈 B 以假亂真 C 因小失大

A ☐ B ☐ C ☐

❼（水滴石穿）比喻：A 漏洞百出 B 十分罕見的景致 C 只要堅持不懈，小可勝大，柔可克剛

A ☐ B ☐ C ☐

❽（口碑載道）形容：A 表面上稱讚，心裏不服氣 B 到處受到人們稱讚 C 嘴巴是用來傳述真理的

A ☐ B ☐ C ☐

❾（天涯海角）比喻：A 極遙遠的地方 B 海闊天空 C 地勢遼闊的地方

A ☐ B ☐ C ☐

❿（虛與委蛇）是指：A 對人假意敷衍應酬 B 比喻人做事狡猾，虛假就像蛇一般 C 以靜制動

A ☐ B ☐ C ☐

練習八

❶（魂飛魄散）形容：A 極其驚恐的狀態 B 人受到創傷的慘痛 C 臨死之前的預兆

A □ B □ C □

❷（有條不紊）是指：A 做事有分寸，不違反常理 B 做事有條理有步驟 C 若把握方針就不會紊亂

A □ B □ C □

❸（進退維谷）是指：A 進退得體 B 虛懷若谷 C 進退兩難

A □ B □ C □

❹（長袖善舞）表示：A 舞姿美妙的狀態 B 在社交上善於應付 C 放長線釣大魚

A □ B □ C □

❺（一貧如洗）形容：A 貧富如流水，不必刻意追求 B 非常貧窮 C 雖然貧窮，仍能保持清白

A □ B □ C □

❻（門庭若市）形容：A 來訪者很多，非常熱鬧 B 居住環境差，聲音嘈雜 C 家境富裕，門庭高大

A □ B □ C □

❼（恆河沙數）表示：A 數量多得難以計算 B 做事要有恆心，方能聚沙成塔 C 關係十分密切

A □ B □ C □

❽（面面相覷）形容：A 面面相對，眉目傳情 B 指陌生人相見，互相打量對方 C 吃驚地相互對視

A □ B □ C □

❾（寸草不留）比喻：A 斬盡殺絕 B 土地貧瘠 C 人過於貪婪，利益獨吞

A □ B □ C □

❿（土崩瓦解）形容：A 大災難 B 基礎不穩 C 局勢垮得不可收拾

A □ B □ C □

練習九

❶（噬臍莫及）是指：A 後悔已來不及 B 心中所嗜好的東西無法享受得到 C 鞭長莫及

A □ B □ C □

❷（未雨綢繆）是指：A 天將下雨時，把外面的絲綢收回來 B 事先做準備 C 杞人憂天

A □ B □ C □

❸（瑕瑜互見）表示：A 截長補短 B 既有優點也有缺點 C 雙方互相揭瘡疤

A □ B □ C □

❹（衣不解帶）形容：A 十分忙碌的狀態 B 天氣寒冷，衣服不敢脫 C 年紀尚小，不會料理自己

A □ B □ C □

❺（亦步亦趨）形容：A 時走時跑 B 處處模仿他人 C 感情親密的樣子

A □ B □ C □

❻（色厲內荏）形容：A 外弛內張 B 面善心惡 C 外貌嚴厲，內心怯懦

A □ B □ C □

❼（登峯造極）形容：A 登泰山而小天下 B 要成功必定歷盡艱難 C 造詣極深，已到最高境界

A □ B □ C □

❽（行將就木）是指：A 走累了，靠着樹木休息 B 人的死期已近 C 壽命十分短促

A □ B □ C □

❾（破釜沉舟）比喻：A 情勢緊急 B 不論成敗與否傾全力去做 C 浪子敗家，一物不剩

A □ B □ C □

❿（揮金如土）是指：A 譏人愚笨無知，以金作土 B 揮霍財產，毫不愛惜 C 安貧樂道

A □ B □ C □

練習十

❶（正中下懷）表示：A 正好打中胸 B 落入他人圈套 C 恰好符合自己的心意

A □ B □ C □

❷（無懈可擊）形容：A 被人一舉擊破 B 沒有弱點可予人攻擊 C 不可趁人之危進行攻擊

A □ B □ C □

❸（充耳不聞）比喻：A 耳朵被東西塞住就聽不到了 B 傲慢而自以為是 C 拒絕聽取別人意見

A □ B □ C □

❹（朝三暮四）比喻：A 主意不定，反覆無常 B 多嘴多舌 C 辛勤工作，日夜不停

A □ B □ C □

❺（雪中送炭）比喻：A 救人於危困之中 B 錦上添花 C 有心救人，無奈力量單薄

A □ B □ C □

❻（方興未艾）形容：A 趣味盎然 B 正想振作之時突遭意外 C 正蓬勃發展，還沒有衰退

A □ B □ C □

❼（東山再起）比喻：A 失敗後捲土重來 B 再一次征服大自然 C 人定勝天

A □ B □ C □

❽（拾人牙慧）諷刺：A 襲用別人的言論 B 你丟我撿 C 見有智慧的人就去模仿

A □ B □ C □

❾（迎刃而解）比喻：A 命中要害 B 事情解決得十分容易 C 愈危險的地方愈安全

A □ B □ C □

❿（抱殘守缺）形容：A 不肯把破舊的東西丟掉 B 對殘疾人士十分愛護 C 不接受新事物

A □ B □ C □

練習十一

❶（剛愎自用）是指：A 固執己見，自以為是 B 剛強獨立，自謀生路 C 自私自利，把利益歸自己

A □ B □ C □

❷（水到渠成）比喻：A 萬事俱備，只欠東風 B 一切順其自然，到時自會成功 C 水源充沛的狀態

A □ B □ C □

❸（文過飾非）表示：A 論點太偏激 B 明知犯錯誤，偏為自己掩飾 C 故作鎮靜，以掩飾自己的失態

A □ B □ C □

❹（置若罔聞）是指：A 說了好像白說 B 對別人的話不加理睬，當作沒聽見 C 態度懶散，不關心

A □ B □ C □

❺（集思廣益）表示：A 集中多人意見，便得更多益處 B 思想集中可解決問題 C 意見一致好處多

A □ B □ C □

❻（退避三舍）是指：A 能忍一時之氣，必大有作為 B 功成身退 C 不願與對方相抗，有意避讓

A □ B □ C □

❼（如數家珍）形容：A 誇耀自己家世好 B 如此多的奇珍異寶 C 敘述某事極為熟悉

A □ B □ C □

❽（一見如故）表示：A 初次見面，就像老朋友一樣 B 比喻人平安無事 C 似乎有些相識

A □ B □ C □

❾（忘年之交）是指：A 交朋友不必顧忌對方的年齡 B 多年的老友 C 年輩不相當而結交為友

A □ B □ C □

❿（失之交臂）形容：A 打架打斷了手臂 B 當面錯過良機 C 失去了手挽手的機會

A □ B □ C □

根據下列每句的意思，填寫適當的成語：（填充題）

練習十二

❶ 技術好到神妙的地步：□神□化。

❷ 在忙碌中抽出時間逍遙一下：忙□偷□。

❸ 比喻看不清楚：□□看花。

❹ 比喻捕捉的對象已在掌握之中：甕中□□。

❺ 事情快成功時，不料完全失敗：功□□成。

❻ 學識與相貌俱佳：才貌□□。

❼ 形容人工作辛苦，功勞至大：□苦□高。

❽ 形容人良心喪失殆盡，極其狠毒：□盡□良。

❾ 形容人聲高揚、嘈雜：人聲□□。

❿ 許多人聚集的公共場合：□庭廣□。

⓫ 低聲交談：□□私語。

⓬ 比喻事情非常容易辦成：易如□□。

⓭ 左右看望：左□右□。

⓮ 所希望的事，完全達到：如願□□。

⓯ 數量甚少，屈指可數：□□無幾。

⓰ 在道義上不該推辭的事：□不□辭。

186

練習十三

❶ 比喻人心地善良，樂於幫助窮人：樂□好□。

❷ 比喻事物的新舊交替：新□代□。

❸ 比喻人生命垂危，只餘一絲氣息：□□一息。

❹ 比喻深歷世情而極其奸猾的人：□奸□猾。

❺ 比喻採取有害辦法救急：飲□止□。

❻ 比喻徹底悔改：□□革面。

❼ 形容技藝非常精巧：鬼斧□□。

❽ 對人假意敷衍應酬：虛與□□。

❾ 沒有一點消息：□□音信

❿ 形容過分地斟酌字句：□文□字。

⓫ 穿戴得十分整齊、漂亮：衣冠□□。

⓬ 形容老毛病又犯了：□□復萌。

⓭ 順着事物發展的趨勢加以引導：因勢□□。

⓮ 好名譽永遠留傳於後代：□□百世。

⓯ 人世上再沒有比這更慘痛的事了：慘絕□□。

⓰ 比喻利害關係十分密切：脣齒□□。

練習十四

❶ 張教授在這所大學裏教了三十年的書，德高□□，大家都十分敬重他。

❷ 小王大談他做詩如何好，卻不知在座就有位名詩人，真是班門弄斧，貽笑□□。

❸ 你如果想做個傑出的運動員，這種□□十寒的訓練方法，絕對不會有成效的。

❹ 大明一發現自己的錯誤，就勇於改過，絕不□□忌醫，得到了先生的誇獎。

❺ 我們的志向必須遠大，但切不可把理想建於海市□□之上。

❻ 劉芳芳學習勤奮，門門功課都是優等，我和她相比，真是望塵□□。

❼ 昨晚看的那場電影，風趣而不低級，確實是一部□□共賞的好片子。

❽ 黃先生自以為他不修□□的作風很瀟灑，其實大家都看不慣他。

❾ 朋友有危難時，我們應盡力幫助他，絕不可以□□下石。

❿ 父親和母親含辛□□地把我們兄弟幾個養大成人，我們決不應該做對不起父母的事。

⓫ 他讀了幾本閒書，就自以為滿腹□□，這種自高自大的作風，真是可笑。

⓬ 昨晚那場大火，使雷先生的辛苦所得都付之一炬，難怪他要痛不□□了。

⓭ 我看到那位老婆婆提着重物，□□之心油然而生，連忙跑上去幫她的忙。

⓮ 小林上課打瞌睡，先生叫他起來回答問題，他只好語無□□地亂說一通了。

⓯ 我每天中午都小睡片刻，以便養精□□，好應付下午繁重的工作。

⓰ 經理戒了煙，結果上行□□，他手下的職員上班都不抽煙了。

練習十五

❶ 像白天鬧鬼這種離奇的事，在二十世紀的今天，實在太荒誕□□了。

❷ 我看到這家公司徵人的啟事，就□□自薦，沒想到竟被錄用了。

❸ □□附勢，迷信權力，這是極不良的社會風氣，應該堅決加以抵制。

❹ 做事情要懂得□□應變，若是一味墨守成規就不易成功了。

❺ 這次考試範圍太廣，真是無從準備，我只好孤注□□，全力攻讀英文一科了。

❻ 關於這件事的□□去脈，請你詳詳細細地告訴我，不要有半點隱瞞。

❼ 他倆□□為奸，幹起了偷竊勾當，如今被關進了監獄，也是罪有應得。

❽ 表哥認為拾金不昧是件不足□□的份內事，婉言拒絕了失主的餽贈。

❾ 自從梁伯伯病勢加重後，梁伯母始終衣不□□，把他照顧得無微不至。

❿ 阿亮的學習成績不理想，但他不灰心，廢寢□□地用功，終於在考試時獲得了優異成績。

⓫ 對於祖先艱苦奮鬥，改造大自然的光輝業績，我們應加以發揚□□。

⓬ 老師再三告誡我們，上課不可以交頭□□，以免影響別人聽課。

⓭ 小妹與同學去郊遊，直到深夜還未返家，害得父母□□如焚，坐立不安。

⓮ 人與人相交往，只有開誠□□，才能獲得真摯的友誼。

⓯ 這塊石頭光怪□□，樣子十分奇特，用來作盆景假山可不錯。

⓰ 這幾本雜誌我只是匆匆翻閱過，浮光□□，印象不深。

成語練習答案

練習一
❶ C　❷ D　❸ C　❹ B
❺ D　❻ A　❼ A　❽ C
❾ B　❿ B　⓫ A　⓬ B
⓭ D　⓮ D　⓯ B

練習二
❶ B　❷ B　❸ D　❹ A
❺ D　❻ C　❼ D　❽ A
❾ B　❿ C　⓫ B　⓬ A
⓭ C　⓮ A　⓯ D

練習三
❶ B　❷ C　❸ B　❹ A
❺ B　❻ C　❼ D　❽ D
❾ C　❿ A

練習四
❶ C　❷ A　❸ D　❹ B
❺ B　❻ A　❼ B　❽ C
❾ B　❿ B

練習五
❶ D　❷ A　❸ C　❹ A
❺ C　❻ B　❼ A　❽ C
❾ D　❿ A

練習六
❶ C　❷ D　❸ C　❹ D

❺ A　❻ B　❼ A　❽ D
❾ A　❿ C

練習七
❶ C　❷ A　❸ A　❹ B
❺ A　❻ B　❼ C　❽ B
❾ A　❿ A

練習八
❶ A　❷ B　❸ C　❹ B
❺ B　❻ A　❼ A　❽ C
❾ A　❿ C

練習九
❶ A　❷ B　❸ B　❹ A
❺ B　❻ C　❼ C　❽ B
❾ B　❿ B

練習十
❶ C　❷ B　❸ C　❹ A
❺ A　❻ C　❼ A　❽ A
❾ B　❿ C

練習十一
❶ A　❷ B　❸ B　❹ B
❺ A　❻ C　❼ C　❽ A
❾ C　❿ B

練習十二

❶ 出神入化
❷ 忙裏偷閒
❸ 霧裏香花
❹ 甕中捉鱉
❺ 功敗垂成
❻ 才貌雙全
❼ 勞苦功高
❽ 喪盡天良
❾ 人聲鼎沸
❿ 大庭廣眾
⓫ 竊竊私語
⓬ 易如反掌
⓭ 左顧右盼
⓮ 如願以償
⓯ 寥寥無幾
⓰ 義不容辭

練習十三

❶ 樂善好施
❷ 新陳代謝
❸ 奄奄一息
❹ 老奸巨猾
❺ 飲鴆止渴
❻ 洗心革面
❼ 鬼斧神工
❽ 虛與委蛇
❾ 杳無音信
❿ 咬文嚼字
⓫ 衣冠楚楚
⓬ 故態復萌
⓭ 因勢利導
⓮ 流芳百世
⓯ 慘絕人寰
⓰ 脣齒相依

練習十四

❶ 德高望重
❷ 貽笑大方
❸ 一曝十寒
❹ 諱疾忌醫
❺ 海市蜃樓
❻ 望塵莫及
❼ 雅俗共賞
❽ 不修邊幅
❾ 落井下石
❿ 含辛茹苦
⓫ 滿腹經綸
⓬ 痛不欲生
⓭ 惻隱之心
⓮ 語無倫次
⓯ 養精蓄銳
⓰ 上行下效

練習十五

❶ 荒誕無稽
❷ 毛遂自薦
❸ 趨炎附勢
❹ 隨機應變
❺ 孤注一擲
❻ 來龍去脈
❼ 狼狽為奸
❽ 不足掛齒
❾ 衣不解帶
❿ 廢寢忘食
⓫ 發揚光大
⓬ 交頭接耳
⓭ 憂心如焚
⓮ 開誠佈公
⓯ 光怪陸離
⓰ 浮光掠影

新編學生成語手冊（修訂本）

編著
馬立群

校訂
莊澤義

校對
翟艷儀

編輯
喬健

封面設計
任霜兒

版面設計
萬里機構製作部

出版者
萬里機構出版有限公司
香港北角英皇道499號北角工業大廈20樓
電話：2564 7511　　　傳真：2565 5539
電郵：info@wanlibk.com
網址：http://www.wanlibk.com
　　　http://www.facebook.com/wanlibk

發行者
香港聯合書刊物流有限公司
香港荃灣德士古道220-248號荃灣工業中心16樓
電話：2150 2100　　　傳真：2407 3062
電郵：info@suplogistics.com.hk
網址：http://www.suplogistics.com.hk

承印者
美雅印刷製本有限公司
香港觀塘榮業街6號海濱工業大廈4樓A室

出版日期
二〇一三年六月第一次印刷
二〇二三年八月第十二次印刷

規格
32開（210mm x 142mm）

萬里機構

萬里 Facebook